青海世居少数民族民间故事丛书

撒拉族
民间故事精选

马小琴　马　忠　编

青海人民出版社

图书在版编目（CIP）数据

撒拉族民间故事精选 / 马小琴，马忠编. -- 西宁：
青海人民出版社，2015.1
（青海世居少数民族民间故事丛书）
ISBN 978-7-225-04886-4

Ⅰ. ①撒… Ⅱ. ①马… ②马… Ⅲ. ①撒拉族—民间
故事—作品集—青海省 Ⅳ. ①I277.3

中国版本图书馆CIP数据核字(2015)第028492号

青海世居少数民族民间故事丛书
撒拉族民间故事精选
马小琴　马忠　编

出 版 人　樊原成
出版发行　青海人民出版社有限责任公司
　　　　　西宁市同仁路10号　邮政编码:810001　电话:(0971)6143426(总编室)
发行热线　(0971)6143516 / 6137731
印　　刷　陕西龙山海天艺术印务有限公司
经　　销　新华书店
开　　本　787mm × 1092mm　1/32
印　　张　6.875
字　　数　100千
版　　次　2015年5月第1版　2015年5月第1次印刷
书　　号　ISBN 978-7-225-04886-4
定　　价　20.00元

目录

CONTENTS

传　说

幻想故事

动物故事

生活故事

笑　话

寓　言

传 说

骆驼泉

相传，七百多年前，撒马尔罕地方有撒拉族先民尕勒莽和阿合莽两兄弟，因不堪忍受统治者的迫害，从遥远的中亚撒马尔罕王国，率领部分同族孔木散[1]，牵上一峰白骆驼，驮着撒马尔罕的一碗土和一壶水，及一本《古兰经》，想寻找一处新的乐土。他们不辞辛苦，跋山涉水，越过新疆天山，从北往东进嘉峪关，经过甘肃肃州、甘州、天水、甘谷，进入宁夏又辗转来到今甘南拉卜楞的甘家滩。当尕勒莽一行人，从故土离别不久，又有同族四十五人，沿着尕勒莽走过的地方越过新疆天山，从南路东进，跨过雪山冰峰，进入青海境内，沿瀚海[2]南岸，进入今青海贵德县。除十二人留在贵德县的元珠沟外，其余三十多人继续东进，在拉卜楞的甘家滩与尕勒莽弟兄巧遇，相互说赛俩目[3]。稍待休整，又向前走，不久进入循化的夕昌沟，翻过孟达山，来到街子的奥土斯山。这时天色已晚，个个精疲力尽，加

---

① 孔木散：撒拉族有血缘关系的家族。

② 瀚海：即青海湖。

③ 赛俩目：伊斯兰教徒互相问好的意思。

上缺水短粮，骆驼也走得又乏又累、又饿又渴，他们便休息在奥土斯山。到了半夜，尕勒莽醒来看时，不见骆驼的踪影，急忙叫醒伙伴们，到处寻找骆驼，就点上火把从乌土波纳亥[1]山坡上找下来。他们找呀找，一直找到唐古提[2]。四处望去，一片平坦清秀的地方。他们去找水喝，到泉边发现驮经的骆驼恋卧在一汪清泉边，已变成白石昂着头颅好像和他的主人在说话一样。尕勒莽弟兄俩卸下《古兰经》和家乡的水土，想到骆驼伴随主人走过的艰难里程，不由放声大哭。两兄弟翻开《古兰经》，边念经边张手祈祷，乞求真主保佑。最后众人捧起泉水一口一口地喝，都觉得这泉水又甜又香，和撒马尔罕的水一样。一看水土相符，他们同声感谢真主：胡达呀，你襄助了我们，总算找到了落脚的地方！

流传地区：循化县街子乡一带

讲述人：舍乙四，男，45 岁，撒拉族

记　录：韩占祥

搜集时间：1987 年

① 乌土波纳亥：撒拉语，即火坡之意。

② 唐古提：撒拉语，即天亮了。

唐撒坡舍海[1]

很早很早以前，阿拉伯伊斯兰国家派来了四十个舍海。唐撒坡舍海是从伊拉克巴格达来的，是这些舍海中年纪最长、品位最高的一个。

阴历五月十三日，是唐撒坡舍海的忌日，舍海拱北的大梁上写着“花明鸟飞在了我们这个贱地方”。这一天，唐撒坡村和木场村的男女老少都来到舍海的拱北里，宰牛宰羊，念经祈祷，虔诚地指望着舍海的好都哇[2]。

传说，过去唐撒坡清真寺里有个叫苦录湾的满拉[3]，有一次，他睡到半夜，睡梦中梦见有个穿白长袍、白胡子长到胸前的老汉对他说：“哎，满拉，你给阿訇说，把我的净骨移给个，大家给我修个拱北，拱北可不要盖项，顶部将来会有人盖上的。”那个满拉从梦中惊醒后，定了定神，思谋来思谋去，觉得这不是一般的梦，于是做完

① 舍海：威望很高的老年人或宗教贵人。

② 都哇：伊斯兰教用来祈祷、祛邪、避难的一种宗教仪式。

③ 满拉：念经的学生。

“班达”[1]后，立即到牙子阿訇家里，把梦中的情景说给了阿訇爷。阿訇爷听完满拉的话后，有点不相信，只是自言自语地说：“这事不可能，贵人显灵哪里会显在你这样的人身上。”虽说如此，阿訇爷心里还是不踏实，赶紧骑上骡子跟满拉回唐撒坡。他们到了孟达，正好是做“地格日”[2]的时间，就在孟达清真寺里做了礼拜。做完礼拜，忽然，阿訇爷的眼前显了个妙体，并在他的耳边说：“我给苦录湾满拉说的是真话，你们就按我说下的办。”牙子阿訇很快回到了唐撒坡，做沙目[3]时节，给者麻提[4]们说了这个情况，者麻提一听这个情况，都觉得是一件了不起的事。他们很快行动起来，从林棵里砍来了最好的木头，请来了白塔寺的木匠、河州的瓦匠，花了近一年的时间，修了个很别致的、没有盖顶的拱北。

说也奇怪，离拱北两米远的台地上竟横着长出了一棵细树枝、小叶子的榆树，过了十几年后，榆树长到五六米长，端端地盖住了舍海的墓。众人说这是舍海的预言，胡达的定然。

舍海无常前，据说有个大阿訇看到，在唐撒

① 班达：穆斯林早晨做的礼拜。
② 地格日：晡礼。
③ 沙目：黄昏时刻的礼拜。
④ 者麻提：一个清真寺所管辖的群众。

坡和木场沟里，有个穿白长袍的阿爷，一脚踩在东坡上，一脚踩在西坡上洗阿布达思⑤。过了几天，舍海便无常了，舍海洗阿布达思的地方喷出一眼泉水，这里的人们亲切地叫它“舍海爸爸的泉”。

过去，有些外地人想侵占这一带的林棵。他们凭着人多势众，要跟唐撒坡与木场人打一架。唐撒坡和木场人觉得自己人少打不过人家，还没有钱去打官司。就连着几天在舍海的拱北里念经祈祷，指望舍海的好都哇，祈祷真主保佑。

过了几天，那些人真的来了，他们人山人海，朝着唐撒坡和木场一带围过来。正在这时，突然听到唐撒坡和木场沟里发出一阵山崩地裂的响声，仔细一看，有个穿白长衫、骑白龙马的人，但见那马嘴里喷着火焰，马的四条腿上全是明亮明亮的钢刀，后面还跟着拿刀、拿矛、走不完的人群。那些人看到这般情景，只说了声他们不是唐撒坡和木场人的对手就逃跑了。

流传地区：循化县孟达乡唐撒坡一带

讲述人：马哈木克阿訇，男，84岁，撒拉族，
唐撒坡人

记　录：韩福德

⑤ 阿布达思：礼拜前洗的小净。

苏四十三

苏四十三，人称苏阿訇。他是乾隆四十六年领导撒拉族人民反清起义、夺取河州城、攻打兰州城的领袖。

苏四十三是个有“尔令”的大阿訇

苏四十三在撒拉地方是个有“尔令”(知识)的大阿訇，中等身材，圆脸，长得很英俊，平时头缠“太斯达日”①，身穿白长袍，一副慈善的心肠，有一种感人的魅力。苏四十三，一生致力于伊斯兰宗教事业。他从小学习阿文经典，把三十本《古兰经》背诵得像流水一般，因此他的名字很快在撒拉十二工传开，在群众中享有很高的威信。他在伊斯兰教门中学问超群，撒拉十二工的群众都愿意请他开学，一段时间他同时在清水工河东大寺和查加工的古及来清真大寺担任教长。曾有这样的传说：苏阿訇从古及来到清水去，一出古及来清真寺的大门便开始背诵三十本《古兰经》，走上二十五华里，进清水清真大寺大门时也就背诵完了，同样从清水到古及来也背诵着《古

① 太斯达日：礼拜时头上缠戴的头巾。

兰经》。

苏四十三在清水开学期间，接受了传教师马明心的哲赫林耶教门，很快成为马明心在撒拉地方传教的得力助手。信教群众听到苏阿訇参加了哲赫林耶教门，也都纷纷跟着苏阿訇信了起来。这样，马明心所传的哲赫林耶教门在撒拉十二工很快地发展壮大。这下可触怒了花寺门宦的创始人马来迟，于是马来迟之子马国宝将马明心告到兰州府去了。

苏四十三是吹都哇的高手

苏四十三不但精通伊斯兰教经典，他还是吹都哇的高手。据说苏阿訇把扎衣[①]铺在黄河里，吹个都哇便可以过去。苏阿訇反清起义前一年，他在家里剪了许多纸人纸马，放在面柜里天天吹都哇，准备花一年时间，把纸人纸马复活成真人真马，然后率领这些兵马反对并推翻满清朝廷。这样他吹了三百五十多天，快要成功之时，被苏阿訇的义女赛丽梅看见了，这一看不要紧，竟把三百五十多天的工夫全毁掉了，复活纸人纸马的事没能成功。从此，苏阿訇说了一句："儿子丫头们都是曼得日，巴拉卜拉扯心得日"的名言。

① 扎衣：伊斯兰教宗教用语，指礼拜时铺在地上的毡、毯子一类的东西，也叫拜毡。

过去，草滩坝村有个叫牙子阿訇太爷的人，他也是有名的吹都哇能手。苏阿訇想试一试牙子阿訇太爷吹都哇本事的高低。有一天，苏阿訇骑了一匹红走马来到牙子村，路过牙子阿訇太爷门口时，顺便抓起一把石子，吹成都哇扔到他家里。一时，牙子阿訇太爷的家像一盘水磨一样地转开了，弄得全家人莫明其妙，过了一会儿，牙子阿訇太爷明白了，他马上叫来家里的人，赶紧取回苏阿訇骑的马脚印下的一些土，牙子阿訇太爷朝拿来的土吹了个都哇。不长时间，牙子阿訇太爷对家里的人说："你们出去门上看一看，苏阿訇门上等着哩！"家里的人出去一看，果真，苏阿訇骑着大马在门上等着哩。苏阿訇一见牙子阿訇太爷家里的人，便下马走进家里，跟牙子阿訇太爷相互说了个"赛俩目"，互相问好，相互佩服。

还有一次，据说苏四十三领上起义的撒拉兵，翻过了大力加山，到了河州的川道。他停了一下，望了望河州城，念念有词地吹了个都哇，一时，河州城的守军们看见河州川道里下来的全是穿白衣、骑白马的大军。看到这种阵势，守军们投降的投降，逃命的逃命，苏四十三领导的撒拉兵很快拿下了河州城。

“苏阿訇反了我们跟！”

苏四十三领导撒拉族人民举行反清起义的事，传到撒拉十二工后，许多撒拉人说：“苏阿訇反了我们跟！”这样，撒拉族大众纷纷起来响应，积极参加苏四十三领导的起义军，很快组织起了一支两三千人的起义军。当时，街子工孟达山有个农民正在田间驾着一对牛犁地时，听到苏四十三领上撒拉人反了的事，高兴得没有说一句话，也没顾得上解下套绳、取下杠子，只握着手中打牛的鞭子跑去参加了起义军。在苏只工也有个农民，劳动回来正在家里吃饭，听到苏四十三反了，连碗里的饭都没有吃完，跑去参加了起义军。

苏阿訇的胆子实话大

马来迟之子把马明心告到兰州府后，兰州府很快派了兰州知府杨士玑、河州协副将新柱前来弹压。新柱先领兵到了白庄地区，苏四十三知道这个情况后，急着想打听一下兰州府的态度。从哪里打听？谁去打听？想来想去，想出了一个办法：他和韩二个领上群众去迎接新柱时顺便打听情况。新柱看到群众来迎接，十分高兴，对着苏四十三和韩二个他们说：“兰州府派我们来，就是给老教作主，杀尽新教！”苏四十三和韩二个听到这话后，当场杀掉了新柱和他领来的官兵，又连夜赶到起台堡，把杨士玑从炕洞里拉出来杀掉了。从此，苏四十三便正式起义了。

流传地区：循化县街子乡一带

讲述人：韩哈三，男，撒拉族，街子乡塘坊村人

记　录：韩福德

波列日[①]保考[②]

很早很早的光阴里，撒拉族聚居的苏只工[③]波列日庄，出了一个有名的英雄大力士，他的名字叫波列日保考。

说起波列日保考的力气，据说背上千斤重的东西可以走上几里路，还能一拳在石头上砸个大坑，能战胜千军万马。说富有，他是撒拉地方有名的巴日克希，金银满箱，牛羊满坡，粮满仓。说神气，他一吹都哇，宝剑便到跟前，坏人见了跑千里。再说，崖曼工也有一个大力士，他背上石头磨盘，能在打麦场上转三趟，围观的人们只是竖起大拇指叫好，十里路外没有一个人能比得上他的力气。有一次，他听到苏只工波列日保考的名字，心想：这一带没有比我力气大的人，我只好到波列日保考跟前比个高低。于是，他打扮了一番：头上戴了个白帽子，身上穿了个白这布的汗褡，上面套了个黑夹夹，腰里系了个红腰带，腿上穿了个毛兰布的裤子，脚上登了个古古

---

① 波列日：村名。
② 保考：撒拉语，即英雄大力士之意。
③ 工：一种行政区划形式，相当于现在的乡（镇）。

鞋，带上干粮，骑了一匹枣红大马来到波列日庄。看到一个打麦场的碌碡上坐着一个很威武的人，手里还捻着毛线，他三步并为两步地走到那人跟前问：“哎！牙日巴加[①]，这里波列日保考的家是哪一个？”那人不慌不忙地站起来，用一只手抓起大碌碡的木把子轻轻地抬起来往远处一指说：“朝着我指的那个大门就是波列日保考的家。”这人一看惊奇地又问：“你是这里的什么人？”那人笑着说：“我是波列日保考家里做活的。”这个来客暗暗地吐了吐舌头，只是摇头不说话，思谋着波列日保考家里做活的人力气都这样大，可想波列日保考的力量更是大得不得了。于是他没有跟波列日保考比高低就骑上大马回去了。

有一次，波列日保考出远门，准备到一个千里路外的偏僻牧区去做买卖，待走到一个两面环山的沟地时，遇到一帮强盗来抢他的财帛。波列日保考一看情况不对，赶快吹起都哇召唤宝剑，不一会的工夫，宝剑到手，就先下手打倒了几个强盗。那些强盗看到波列日保考力量超群，其中一个想出来显显威风，一拳头把地砸了个窟窿。那些强盗们蔑视地看了看波列日保考后，便“哈哈——”大笑起来！波列日保考看到这种情景，

---

① 牙日巴加：撒拉语，即朋友之意。

捏住拳头也狠狠地朝一个大石头砸下去！石头被砸成了两半，强盗们看到这样子，觉得这个人惹不得，便争先恐后地跑掉了，波列日保考也安全地回来了。

据说，波列日保考是个命大的人，种下的庄稼收不完，打下的粮食没处装。说波列日保考打碾麦捆时，念念有词地低声哼着："八石八斗，八石八斗。"每场打的麦捆数多也好，少也罢，打完一量，正好八石八斗。这件事传出去后，有些人感到很奇怪，也有些人干脆不信！有一年，有个外村人来到波列日保考的打麦场上，仔细地查看了场院、麦捆、打碾方法，发现都跟别人的没有两样。更奇怪的是，八石八斗粮食从哪里来？莫非是胡达赐给他这样多的粮食？这时打碾的碌碡发出一种"格吉日，格吉日"的响声，那人便朝着响声去看，发现碌碡两边的耳眼里不停地淌着粮食。那人惊奇地说道："胡达！穷人的粮食种着哩，富人的粮食碌碡上淌着哩。"

波列日保考除了宝剑，还有一只哈叭狗，当遇到麻烦或不幸，哈叭狗可以帮大忙。老百姓对波列日保考很拥护，因为他四处打强盗，保百姓。强盗们对波列日保考恨之入骨，想尽一切办法要除掉他，于是强盗们在波列日保考的宝剑上打起了主意。由于放宝剑的地方只有波列日保考和他女儿知道，于是强盗们从波列日保考女儿手中骗得了宝剑，高兴坏了。

有一次，波列日保考到阔沿沟一个熟人家里去办事，这消息让强盗们知道了，就在阔沿沟的一个险要处布下了埋伏。波列日保考走到这里，只听一声口哨声，几十个强盗一齐扑了过来，波列日保考立即吹起都哇召唤宝剑，连吹了几次宝剑都没有来到他的跟前帮忙。他一看情况不妙，只好鼓起勇气，跟强盗们拼个你死我活。他们从太阳出来一直打到太阳落山，波列日保考一整天没有吃没有喝，打得精疲力尽，最终被强盗们杀害了。这时，波列日保考的哈叭狗飞快地跑到波列日庄报了信。

波列日庄的乡亲们知道波列日保考遇难的消息后，赶紧叫了庄子上的年轻人前去营救，赶到现场一看，波列日保考已经断气无常了。他们悲痛地抬上埋体回来了。

波列日庄的乡亲们为了报答这位为民除害、心疼百姓的英雄大力士，商量着给他修了个拱北，让子孙后代缅怀纪念。

流传地区：循化县积石镇一带
讲述人：马明道，韩子西日保
记　录：韩福德

疯爸爸

疯爸爸的故事有多少，我无法说清，据撒拉族老人们说，疯爸爸是个怪人。在撒拉族之乡有些故事是真的，有些故事是编的，现在我讲几个给你们听。

炕上浇地

疯爸爸住在草滩坝。有一年天旱不下雨，草滩坝又是西沟河的下游，漫水浇地时经常点香计时，紧张得很。疯爸爸住的东家是一户老寡妇，没有儿女，还经常生病，遇上这样的年景，别说一般的妇道人家，家大人多的人家也漫不上水。这一年五月的一个夜晚，正轮到草滩坝漫水，老寡妇央求疯爸爸帮她漫一次水。疯爸爸说："阿奶，请你放心睡吧，浇水的事包在我身上。"老奶奶听后不大放心。这也难怪，五月的水比油贵，漫不上水庄稼就没有收成，一年的生活咋过？这一晚，阿奶睡不着，从窗眼里不时看着，等疯爸爸出门去浇水。她催促了一次又一次："疯汉，你怎么还不去看水，快轮到我们漫水了。"但疯爸爸说："奶奶放心吧，还得等个时辰，你睡吧。”老寡妇心想：疯爸爸平时说话就有点疯疯颠颠，今晚莫不是又在哄我这个老寡妇？又等了一个时辰，月亮照得满院亮堂堂，还是不见疯爸爸出去漫水，她实在忍不住又喊了一次：“疯汉爸，你真的开我寡妇的玩笑？漫不上水，我只好央求别人去了。”疯爸爸哈哈大笑道：“阿奶，我刚漫罢水回来，你放心睡，不用请别人了。”老寡妇听了很奇怪，明明他连门也没出去，狗也不咬一声，怎么会出去漫水？这样想着，不由自主地拿起拐棍，点上灯笼，一瘸一拐地到自己的地边去看。大家有点奇怪地喊道：“老阿奶，你的地不是疯爸爸刚漫完，他回去没给你说吗？”她也看到自己的地里刚浇罢水，还堵好了坝口。老奶奶高兴地回到家一看，惊呆了：疯爸爸不在，连他的铺盖也不见了，他到底去了哪里？

认衣不认人的教训

疯爸爸身着破烂的衣裳，污头垢面，像个乞丐一样在穆斯林的神圣斋月去清真寺开斋。按撒拉族的习惯，逢斋月在黄昏“沙目”时候，大家在清真寺等念罢“班克”[1]会一起开斋。一般是红

① 班克：波斯语，每次礼拜前由清真寺的穆札畏在宣礼楼呼唤礼拜的念词。

枣、油香和“麦仁”[1]等开斋食品，有时也能分到一块羊肉份子。疯爸爸悄悄地坐在最边上，等着给他舍散[2]开斋的东西。者麻提看见他这样一个人，谁也不愿意和他一起坐，舍散的教民也不愿意从他身边开始分东西，都是从另一头开始，到疯爸爸跟前已全部舍散完。疯爸爸没分到，他微微一笑，依然做罢“沙目”回去了。第二天依旧如故，他将坐的位置换了个方向，结果舍散的人又从另一边开始，轮到他坐的地方又舍散完了。疯爸爸仍然不生气，做罢“沙目”回去了。第三天他坐到中间位置，想着看他们怎么舍散。结果舍散的人从两头分，到中间疯爸爸坐的地方又舍散完了。第四天，疯爸爸身着长袍，戴上红帽，缠上黄“太斯达日”，手拄拐杖，像个伊斯兰教的大“尔令”，挺着胸直接坐到阿訇席上。大家看见这样一个气派人物，都以为是从麦加来的“哈知”[3]，争着从疯爸爸开始舍散，一会儿时间就堆了一大堆。疯爸爸听罢“班克”，就拿起自己分到的红枣、油香、肉份子和麦仁往自己衣服上擦，一面不停地说：“这是衣裳的面子，这是衣裳的面子。”擦完后，哈哈一笑，扬长而

① 麦仁：用脱皮的麦子加上佐料熬成的粥。

② 舍散：即施舍。

③ 哈知：指到麦加朝觐过的人。

去，从此就再未出现。教民们一见这个情况，心里才明白这是疯爸爸有意来检验他们对宗教的诚意的，感到很惭愧，都做了诚恳的忏悔。从此以后，撒拉族地区不管是什么样的人，舍散东西的时候均一视同仁，特别是对那些衣着褴褛的乞丐更要给予特别的怜悯，以示将功补过。

麦场救船

疯爸爸离开循化，翻过青沙山，住到了新庄尔村。这时正值八月麦收季节。有一天循化乙麻目渡口发了大水，惊涛骇浪黑压压漫天而来，乙麻目渡口的河道上，有条野船[1]正载满过客在摆渡。船还没到中心，汹涌的恶浪一个接一个地打向船沿，浪尖鹞子一般的撒拉船夫，使尽了浑身本事把稳舵桨，船在急浪中很快冲向下游，眼看船碰向盐沟口的红岩嘴，撒拉人纷纷头朝西方，口念“安拉乎”[2]做临终前的忏悔。忽然有人看见一位双眼炯炯、两鬓白发的人，赤身顶住船沿，从浪涛中开始推船，使全船的人得救脱险。船靠岸后，人们才从惊恐中清醒过来。回想刚才发生的危险，撒拉人想起了那位救船的老人，有人急忙跑到混乱的人群中寻找，却不见那位老者。

---

① 野船：解放前用人力桨板摆渡的船，也叫撒船。

② 安拉乎：穆斯林对真主的称谓。

就是在这一天，疯爸爸正坐在麦场的围墙上看大家碾场，忽然他大惊失色，急忙从墙上跳下来，喊道："快救船！"接着甩掉汗褡，用脊背顶住围墙，左顶右推，弄得满头大汗，气喘吁吁。打场的人们，看到疯爸爸的动作，无不惊奇纳闷。说他的疯病发作了吧，明明看见他非常清醒；说他清醒吧，却做出那些娃娃们玩耍般的怪事。就在人们还议论的时候，疯爸爸却哈哈大笑道："船得救了，人得救了。"人们问他怎么回事？疯爸爸道："循化渡口一船人。"人们听了似信不信。过了两天，循化去西宁府的撒拉人路过新庄尔歇息吃饭，有人诉说渡船得救的险事，新庄尔人才知道疯爸爸说的话是真的。

花牛犊归主

有一天，正是穆斯林的查山伯（星斯三），疯爸爸到新庄村各家各户辞别，说再过两天他要无常了。按伊斯兰教教规，人的生死富贵都是真主的定然，教徒只有严格遵守的义务，没有选择的权利。疯爸爸的辞别无疑是与教规相悖的，虔诚的穆斯林是不能接受的。只有一位叫则乃贝的老奶奶看见疯爸爸的辞别不像开玩笑，就对疯爸爸说："疯爸爸呀，无常是真主的定然，我们唯有从命，如果定然中有你的无常，我唯有一头花牛犊，我给你在三天上念‘亥听’[1]，请你放心归真吧。”疯爸爸果真在第三天，即大主麻日无常了。全村人没有一个不悲痛的，纷纷拿出自己的一点物力去救济亡人疯爸爸。第三天煮麦仁粥的时候，老阿奶则乃贝很诚恳地把自己的花牛犊送来，让阿訇宰了，打成肉份子，分给全村所有的人。突然，另一头活蹦乱跳的花牛犊跑到老阿奶跟前哞哞叫。老阿奶仔细一看，十分惊奇，如果不是自己亲眼看到自己的牛犊已经被宰了，还以为是自己的呢。

“艾赛俩目阿来库目”，突然，一位英俊的青年站到则乃贝阿奶跟前问安，仔细一看竟是自己离别十多年的儿子哈三。一问才知道他从新疆回来探母，今天经过骆驼堡沟见一位老者，正用“太斯达日”拉着这头花牛犊。老者问他知不知道新庄尔，他说他就是新庄尔人，还问知不知道有个则乃贝的老阿奶，他说那正是他的母亲。老者高兴地说：“这就好了，这头牛犊是她老人家的，请把花牛犊赶回去交给老阿奶，感谢她的诚意。”说罢老者便化成一股白云升了天。青年又说他赞了真主后，把花牛赶了回来，老阿奶这才知道这牛犊就是她祭了疯爸爸的那头。

---

① 亥听：阿拉伯语，原意是《古兰经》节选，穆斯林引申为搭救亡人的诵经、舍散等活动。

新庄尔人知道疯爸爸不是俗人而是真主派遣的贤者后，给他重新在路边建了拱北，每年在他归真的日子还聚众赞主纪圣。听说朝廷也曾派大官为其立了碑、送了幛呢。

流传地区：循化县街子乡
讲述人：马七十姐，女，80岁，撒拉族
记　录：穆苏莱麻乃

孟达天池

传说，很早很早以前，孟达天池的老根子在街子的高力九依[①]。那时候，天池特别清亮，清澈碧绿，从上面往下看，能看见池底的鱼儿，要是喝口池水，就像喝了蜜水一样，格外香甜。

有一天，有个没家教的媳妇，在高力九依里洗了一条脏裤子。这天晚上，街子工的一个有钱汉，睡梦里梦见天池变成了一个白胡子老阿爷，老阿爷对他说："胡达赐悯我清亮香甜，现在竟有人糟蹋我！我想搬到一个干净清秀的地方去，把你的骡马借给我，帮我搬个家吧。"话还没说完，有钱汉便惊醒了，坐在炕上思谋了一会儿。天亮后，叫来两个儿子说："你们两个给我喂好骡马饮上水，我有点要紧的事去办。日头落山，全家吃完饭，你们都坐在房子里，一个也不要出来。"说罢，到马圈里去看时，他的三头骡子和四匹马浑身淌汗，他以为它们病了。到了晚上一更时候，有钱汉又到马圈里给骡马添夜草，一看所有的骡马都躺在地上断气了。有钱汉急了，紧忙跑到上房里，跪在炕上祈祷说："胡达呀！我在

① 高力九依：即天池遗址。

敦亚[1]上一辈子没干过坏事，我的财宝是你赐给我的，请赐悯我，给我个平安，宽容地饶恕我的罪过吧！”

有钱汉正在祈祷做“都哇”时，猛然听见马圈里有响动，赶紧跑去一看，刚刚断气的骡马竟又个个精神饱满地站着，身上还驮着金银。有钱汉又惊又喜，赶紧卸下驮子。这天夜里，有钱汉又梦见了白胡子老阿爷，向他道谢说：“我搬了三天，总算把家园搬到了山上，圈了片三石三斗三升大的一块地。那里四面环山，林木茂盛，清秀极了，要不是这里有人糟蹋我，我是不愿搬走的，谢谢你借给了我骡马。”第三天早上，有钱汉跑到高力九依去看时，天池早就不见了，有钱汉这才明白，原来他的骡马是去帮白胡子老阿爷搬天池，金银是给他的报酬。

直到今天，街子地区民间仍旧以为现在的孟达天池是从街子迁去的，现在的高力九依淌着的那一股水，也是天池迁走时留下的。

流传地区：循化县街子地区和孟达地区
讲述人：马步杰，男，63岁，撒拉族，孟达人
记　录：马英兰

① 敦亚：伊斯兰教经堂语，指世界。

女英雄赛丽梅

赛丽梅（？～1781），女，撒拉族。乾隆四十六年苏四十三领导的反清起义队伍中唯一的女将领，是苏四十三及伊斯兰教哲赫林耶门宦创始人马明心的义女，也是苏四十三的副手韩二个的妻子。她作战谋勇兼备，不让须眉，屡立战功。起义失败后，赛丽梅战殁于兰州市河北金城关，哲赫林耶门宦里一直传颂着她英勇不屈的战斗精神，被誉为“提着血衣进天堂的人”。待起义的硝烟逐渐散去后，宁夏西海固一带的穆斯林会同兰州的一部分教民，在兰州市金城关徐家湾赛丽梅捐躯的地方，为其营建了一座“拱北”，又称“舍西德拱北”，四时香火不绝。

赛丽梅与三百女兵

苏四十三阿訇是个吹“都哇”的高手。传说他在起义的前一年，剪了许多的纸人纸马藏在一个柜子里，事先告诫家里大小不得偷看，自己每天都到柜子前吹“都哇”，预计用一年的时间将这些纸人纸马吹成真人真马，让他们参加反清起义。赛丽梅看见义父每天都要对着那个柜子吹都哇，从不间断，又不让大家知道。这是为什么呢？她费了许多心思琢磨，就是猜不透，好奇心促使她要弄明白这件事。有一次，她实在忍不住了，乘苏四十三不在的机会，偷偷地打开柜子一看，纸人纸马都变成了灰，这下可坏事了，机密泄漏，苏四十三的心血白费了，三百五十多天的功课化为乌有。苏四十三又婉惜又愤怒，但事情已经到了这一步，他只说了一句话："儿女是杜什曼（对头），儿女是牵心人（宝贝）。"这句话直到现在还流传着。

再说赛丽梅，她是个有心人，在好奇心的驱使下，私自开看了柜子，坏了大事，后悔得很。她恨自己，骂自己，跪在苏四十三面前说："干大[①]，我是一个不中用的人，闯下了大祸，坏了你的事情，我要在打仗中立功赎罪，宁愿战死，也要弥补自己的过失。"苏四十三说："算了，事情成了这个样子，是真主的定然，说也无用，你干脆组织一些妇女编成一营的女兵。"从那时起，她开始在撒拉族妇女中间活动，鼓动她们参加义军，最终招募组织起了一支女兵队伍。

板柜里没面了，

① 干大：方言，义父。

马槽里没料了，
身上没穿的了，
撒拉不反是不成了。
成了时穿个绸裤子，
不成时穿个皮裤子。

这首民谣唱呀唱，一直唱到了乾隆四十六年（公元 1781）。这一年，苏四十三率领撒拉族数千人，揭竿而起，反抗清朝统治，在起义军队伍里的撒拉女兵正是赛丽梅率领的这支，在攻河州、打兰州的战役中，起了急先锋的作用。

孤身探监

三月廿一日义军攻占兰州西南重镇河州，二十三日兵临兰州城下，清兵关闭了城门，严密防守。义军因弄不清楚城防情况，没有马上攻城。这时传来了一个很坏的消息，拘押在城里的关川太爷马明心，将被砍头。听到这个消息，苏四十三着急得很，他想攻城，又不明敌情。他想，驻军围城时间长了，一怕粮草接济不上，二怕清军调来援兵，腹背夹击义军，如果出现这种局面，那可就危险了。苏四十三正在进退两难的时候，赛丽梅来了，她说："我们义军只有几千人，从循化杀官起义、攻河州围兰州，都是速战，原因是我们没有后方，没有后援，只有速战才对我们有利。听说朝廷已经从几个方向大量增兵，要是拖到他们援兵到来以前我们还不攻城的话，天大的灾祸就会降临到我们头上。”苏四十三听了赛丽梅的一席话，觉得很有道理，他说：“你的话是对的，照你的意思现在我们应该干什么，怎么干？”赛丽梅说：“我是这么想的，马太爷（马明心）押在城里很危险，我是她的干女儿，进城探监合情合理，清兵会让我进去的，趁此机会看一下城里的情况，再决定攻城的办法。”苏四十三还能说什么呢？只好答应赛丽梅的请求。赛丽梅估计对了，凭着与马明心的义女关系，清兵又摸不清她的真实身份，让她进城了。她从西门进去，边走边看，发现防守西关的清兵并不多，应该急速攻城才是。她来到兰州府衙前，只见岗哨林立，戒备森严，马明心就被羁押在衙门后院的监牢里。赛丽梅由衙役领着走进牢房，牢房里阴暗潮湿，黑乎乎的，她站了一会儿，看见一个人面墙而跪，好像定住了一样，一动不动，看背影她认出这人就是马明心，赛丽梅叫了声“干大”便扑了过去。马明心转过身来，乍一见赛丽梅又惊又喜，可脸色马上又严厉了起来。他声音沉重地问：“你干什么来了？”赛丽梅很激动，她说：“干大，我们反了，打下了河州城就来围兰州城。”马明心听了，嘴角浮起一丝苦笑，对赛丽梅说：“大事不好，现在朝廷从四面八方调兵遣将，推算起来，近一两日就可到达。赛丽梅你马上出城，告诉苏阿訇，叫他立刻带领义军撤退，不能拖延，不然的话就要大祸临头，再不要管我了，我的时间已经不多了，你快快出城去吧。”说完转过身面墙跪下再不作声。

赛丽梅知道干大的脾气，说过的话决不会更改，她见干大下了决心，领悟到干大的命不长了，流下了痛苦心酸的眼泪，说了声“胡达襄助”，匆匆出城去了。

赛丽梅出城后，把干大的情况和侦察到的军事情报向苏四十三说了，苏四十三急得头上直冒汗，想来想去还是决定提前进攻兰州城。

斩关布阵设疑兵

苏四十三一声号令，义军从四面开始攻城。赛丽梅因前番进城探监都是从西面进出的，敌情、地理都熟悉，所以她自告奋勇率兵攻打西门。

赛丽梅率领女兵为前锋，女兵们披头散发呼啸着直扑西门。兰州西关是外城，城墙要比东南北三面的低，把守的清兵也不多，这对赛丽梅率领义军破城是个有利条件，以这些女兵为前锋，义军很快就攻上了城头。义军所到之处，清兵一个个像麦捆似的倒下了，很快就溃败了下去，赛丽梅率领义军一举占领了西门。可惜的是东门、北门、南门的进攻都没成功，这种形势对义军非常不利，造成了赛丽梅孤军深入的局面。赛丽梅营救马明心心切，她占据西关后，不顾孤军深入的危险，立即挥师控制了城北的黄河浮道桥。为了军事上的需要，赛丽梅率兵在城西南的华林坪一带的山上筑起了四个烽火台式的大土墩。有人问她："打仗的事都顾不过来，你还有心思堆这些土墩墩干啥哩？"赛丽梅回答说："你们别小看这些土墩，眼下它的作用可大着哩。第一，这里是个山梁，地形高，可以瞭望敌情，观察城里清兵的动静，第二，这些土墩里能驻军，进可以攻敌，退可以防守，控制了这个制高点对我们很有利。"这个山梁从此也以四个土墩而得名，兰州人称"四墩坪"。

随后，清廷援兵陆续赶到兰州，赛丽梅及所率义军在兰州西关与清兵进行拉锯式的对抗，眼看着清兵越来越多，义军伤亡严重，兵员又补充不上，形势对义军非常不利。赛丽梅派人买来了几百个铜铃铛、几十面大鼓和几十只山羊。到了夜间，令军士把铜铃铛挂在战马上，忽南忽北地奔跑，铃声响来响去。清兵在黑灯瞎火的夜间，听着非常刺耳，心神不定，摸不清义军到底有多少人。这时，在赛丽梅的指挥下，义军又把白天买来的几十只山羊的前肢悬吊在鼓面上，鼓一响，山羊受惊，越惊越蹬，几十面大鼓同时响起，山摇地动。一时间，铜铃叮当，战鼓咚咚，漆黑的夜里，宛如千军万马奔腾杀来，搞得清兵军心惶惶，休息不成，疲惫不堪。正当清军被赛丽梅的疑兵计搞得疲惫不堪、军心懈怠时，赛丽梅率部乘机向北突围而出。

血洒金城关

义军攻占兰州西关，马明心被杀，清廷调来各路援军云集兰州，因形势所迫，苏四十三只好率领大部义军退守兰州西南方的华林坪。赛丽梅决定利用占据西关的地理优势率部北渡黄河，向西撤退，于是在黄河浮道桥同清军官兵进行了激烈的争夺战。

撒拉女兵在前有官兵堵截、后有官兵追杀的危急关头，个个披头散发，杀官兵杀红了眼，被杀的倒下了，活着的仍发疯似的拼杀。赛丽梅在拼杀中勇不可挡，连杀三员清将并将三颗清将的头割下来挂在腰间，血污满身。清兵看见赛丽梅和女兵们的阵势，吓得纷纷后退。她们杀开一条血路，冲过了浮道桥。桥上一战，义军损伤过半，当赛丽梅率余部撤至金城关时又与大部清军遭遇。这一仗众寡悬殊，官兵是生力军，义军经浮道桥一战，已精疲力竭，很快全军覆没，赛丽梅在兰州金城关血洒沙场，英勇献身。

“真恩显后受香烟”

金城关硝烟消散、战事沉寂后，这一带的回民将赛丽梅的遗体埋葬在徐家湾拱北沟沟口。后来哲赫林耶门宦的四太爷马元章（马明心四世孙）慕名前来兰州金城关给赛丽梅太太上坟，几次都因找不着墓址叹息而回。

有一年，四太爷马元章在兰州东川拱北干完“尔买力”①后，约了几位阿訇前往金城关徐家弯拱北沟瞻仰这里的拱北。返回时，晴天里突然涌起一团黑云，霎时，伴着阵阵雷鸣声迅疾地向四周扩散，紧接着滂沱大雨倾盆而下。马元章一行几人都被淋湿了，他们急忙要找一个避雨处，四处一望，恰好就近有一简陋的小拱北，于是急忙钻了进去，意外发现这个小拱北就是赛丽梅太太的第一个拱北。马元章等人走出拱北时，个个双眼红肿，人人以泪洗面。据说是拱北的主人赛丽梅太太显了灵迹，这场大雨是亡人们的眼泪。

事后，马元章专为赛丽梅太太题了一副对

---

① 尔买力：阿拉伯语，伊斯兰教的一种集体诵经、祭祀功课。

联，上联是“一声雷震忽作雨”，下联是“真恩显后受香烟”。这副对联现就镂刻在兰州市金城关徐家弯新建的赛丽梅“舍西德拱北”八卦亭的正门两侧，以资世人念想。

也就是从那时起，四太爷马元章传下话来，凡来兰州东川道祖（马明心）拱北上坟念经的哲赫林耶门下，在东川拱北接了都哇以后，必须还要到赛丽梅“舍西德拱北”上坟念经接都哇，否则就是“乜帖”[①]不全、功行不圆满。

世事沧桑，二百余年风风雨雨，这位令撒拉族人民永远怀念的女英雄赛丽梅的英灵安息此处。哲赫林耶的门徒至今仍恪守着四太爷立下的这个规矩，重新修建的赛丽梅“舍西德拱北”八角亭，青烟袅袅，香火旺盛。

流传地区：青海省循化县，甘肃省兰州市、临夏州一带

讲述人：马忠孝，男，70岁，回族，兰州市金城关人；刘阿訇，男，75岁，回族，甘肃省张家川人

记　录：韩福德，韩德荣，韩大全

搜集时间：1989年9月

---

① 乜帖：阿拉伯语，举意、心愿。

科哇清真大寺

科哇清真寺是一座古老的大寺，约有三百五十年的历史，它是循化撒拉族自治县九个海伊寺之一，现就建寺前后的几段传说讲给大家听。

门口田地作寺基

修建一座堂堂皇皇的清真寺朝拜真主，是撒拉族世世代代的头等大事。建一座清真大寺是很困难的，需要很大的一笔钱财、很多很多的木材，还需要不少的寺基土地。最关键的还是这寺基土地从哪里来？那时的土地都在私人手里，被乡亲们称作“门口田地”的上等土地，都被有钱汉占着。买地吧，出不起这笔钱，大家都很发愁。渴望建寺的人们都在祈祷真主襄助。于是科哇人聚集在一起经过商量后，推举出了几位有名望的老人作代表去与庄里的一户大富人家商量，希望由他解决寺基地。起初，那个富人不愿意无偿捐地，但经代表们再三劝说与恳求，那个富人以真主至大、教门为重，最终还是将自己的八亩门口田地捐赠出来作寺基。同时议定由这位富人出任世袭学董，掌管清真寺的钱粮与教务。清真寺大殿所需灯油由这一户富人出，清真寺的粪土也由这一户积攒。世袭学董的事，不知在哪段历史变更中废除了，现已无从查考。但灯油、积肥之事沿袭至今，仍由这一户富人的后裔韩乃白尤等掌管，群众没有二话，始终默认着。

号子声中拉木料

预定的清真大寺的修建规模是宏伟的，经初步计算最少也得四百多立方木料，尽管夕昌沟有大面积的原始森林可供采伐，可拉运成为了问题。木料产地距村庄近四十公里的路程，当时的条件只能靠人拉和牲畜驮。那时候生产力落后，人们生活贫困，吃穿都很困难，但他们凭着对真主的一片赤诚，村民们群策群力，拧成一股绳，劲往一处使，硬是把木料拉到了村庄。有两件事可以说明当年拉木料时的艰难困苦。

一件事是：那时候人们下身只穿粗布短裤，上身穿件光板皮褂。拉木料的路两旁长满了黑刺和黄棘，每个人的腿都被扎得血糊糊，可人们顾不上擦脸上的汗污，顾不上裹腿上的伤口，心思全扑在修建清真寺上，呼喊着号子，一步步地挪，一根根地拉，春夏秋冬四季不停，整整用了两年半的时间，才算拉完了修寺的木料。

另一件事是：检点木料时，人们发现缺一

根大梁，村民们又不辞劳苦分头到夕昌林棵里去找。经过几天的奔波，好不容易才找到一根合适的。正是“麻绳断是从细处断哩”，拉运中经过一个石崖坎时，大梁给弹折了。人们看着折了的大梁，哭声不断，泪流不干。话又说回来，哭归哭，伤心归伤心，但修大寺缺大梁可万万不行，只好重新去找。“功夫不负有心人”，经过又一番东寻西觅，终于又从夕昌的阿其沟脑里重新砍回来了一根。

精工细刻的好木匠

木头拉来了，但修一座清真寺远非能与盖普通民房所比，建寺规模宏大，工艺复杂，必须请一位高明匠人来当掌尺师傅。究竟请哪里的木匠师傅好呢？大家先是在撒拉八工里衡量、对比、挑选，经过一番打听、考察，还是没有找到能修寺的掌尺师傅。此时，人们只好把眼界向外扩展，最后商定还是请白塔寺地方的鲁班的后裔来当木匠。木匠请来了，大家只提出了一个粗框框，即修一座能容纳一千人同时作礼拜的好寺。具体修成啥样式的，怎么修，一概说不上个名堂来，这可难为了掌尺师傅。修建这么大个寺，东家说的是囫囵话，划不出个道道来，建成以后万一众人不满意怎么办？这可是科哇人的传世大业，马虎不得呀！掌尺师傅一句话未说，拿了些干粮悄悄地出去了，直到晚上才回来。早上出去晚上回来，一连三天都是这样，掌尺的行踪成了一个“谜”，大家猜不透，都很着急。第四天一大早，掌尺领了几个负责修寺的老人上了附近的哈龙山，当走到最高的一处山包时，老人们眼前一亮，他们看见了什么。噢！掌尺连着三天早出晚归的“谜”顿时解开了。这三天他是在挖空心思地搞设计，制作模型。大家看了表示很满意，于是就照掌尺做的模型开始修。

清真寺开工修建，进度很快，大殿的主体构架已立起来。半年之后，掌尺的父亲因不放心，专程从白塔寺前来探望他。掌尺的父亲是老一辈掌尺，有过人的技艺，经验丰富。他仔细审视了一遍尕娃主持的工程，满意地说：“这么大的清真寺，这么复杂的工程，能修成这个样子，尕娃的技艺长进了，我高兴，不过也把我的尕娃苦坏了，我心疼。”老掌尺的感叹是对的，木匠师傅们在建寺的过程中，不费的心思费了，不动的脑筋动了，不下的苦下了，终于把科哇清真寺修出来了。据说，掌尺师傅为了修好这个寺，绞尽了脑汁，辛苦过限，以致积劳成疾，待清真寺竣工以后，回家不久就去世了。幸运的是经他筹划、设计、修建的科哇清真寺却盛名远播。

八个八棱柱子

科哇清真大寺竣工典礼，撒拉十二工的头人们前来贺喜。客人们指指点点地观赏了一番，个个竖起大拇指说：“真是个好寺，这是科哇人修下的福气。”同时也指出了美中不足的地方，如支撑大殿的十二根柱子与其他木饰相比显得细了些，与大殿的整体结构不够协调。负责修寺的头头们接受了十二工头人的意见，又请木匠师傅们设法补修。其实，当初选材时，掌尺师傅就发现了这个问题，只是他看到村民们为建寺的木料付出的艰辛太多，于是把起初设计的八根粗柱子换成八根细柱子。嘴说是一句话，很容易，真正干起来可太难了，为了体恤群众的艰难，他把这事装在心里没有提出来。现在经头头们提出要补修，他也早就成竹在胸了，答应立即动手补修。每柱二十两银子，共计一百六十两银子的补修费。掌尺师傅用治表不治里的办法，使圆柱变粗：用八块刨光的长木板，把圆柱围上一圈，就成了八棱柱子，八棱柱比原来的圆柱粗多了，又在八个板面上雕刻了花卉图案，上漆以后美观大方，看不出任何弥缝痕迹，称得上是天衣无缝了。这就是八根八棱柱子的来龙去脉。不听这个传说，还真看不出柱子的八棱八面是后来加上去的呢。

撒拉族、藏族相互护寺

清朝光绪年间，循化撒拉族地区反清斗争风起云涌，教派斗争此起彼伏。随着社会的骚乱、政局的动荡，蛰居在阴暗角落里的江湖渣滓趁机哄起，啸聚为匪。他们东掠西抢，四处流窜骚扰，百姓深受其苦，不得安宁。有一年，从拉卜楞方向来了几百个土匪，科哇群众听到这个消息后，立即派了几百人的土木[①]前去半路堵截。土匪们听闻此事后暴跳如雷，扬言要放火烧掉科哇清真寺，对科哇人进行报复。正在你来我挡、你抢我抗，双方对峙的严峻形势下，夕昌地区的藏族以睦邻关系和民族团结为重，立即派出近百名藏族群众前来科哇协助保护清真寺。那股土匪一听到夕昌藏民参与保护科哇清真寺的消息，胆怯了，不敢贸然发难，只好半途而返。科哇清真寺连同科哇群众也因此避免了一场浩劫。

民国十七年，尕司令在河州武装反对国民军，失败后流窜到青海循化等地，杀人放火，抢劫百姓，掠夺地方，横行霸道，无恶不作。一次，乘混乱之际，一批匪徒计划洗劫夕昌藏族喇嘛寺院。在这危急时刻，科哇群众派了上百名土木前去援助，和藏族群众携手抗击匪

① 土木：壮丁。

徒，以保护寺院的安全。匪徒们听到夕昌寺院增加了上百名科哇的撒拉人来护卫，就没敢行动，退了回去。从此，再也没有为非作歹的人敢来骚扰夕昌寺院了。

撒拉族和藏族互相护寺的事迹，更加加深了两个民族亲密无间的情谊，促进了两个民族团结互助的睦邻关系，成了一段历史佳话。

钻天的奎白杨

凡是去参观科哇清真寺的人，或是去这个寺做礼拜的人，首先进入视线的就是寺门前的一棵古老高大的奎白杨树。相传这棵树已有数百年历史，其来历，有这样一段传说。

很久以前，撒拉地方的一些人沿着丝绸古道，去沙特阿拉伯朝觐。科哇的一个大阿訇朝觐完毕后回国途中路过新疆时，看到了被当地人称为“白杨”的一种树，躯干挺直、高大，有刺破青天之势，很稀罕。他动心了，决心把这种树移植到家乡为子孙造福。他移了两棵树苗，栽到坛子里千里迢迢带回来。从此，白杨树就在循化一带扎根落户了，撒拉人叫它“奎白杨”。“奎”代表新疆。

哈智回来了，乡亲们络绎不绝地去探望、问候。当大家看到两棵白杨树苗时，欣喜万分。在众人的请求下，哈智允许将这两棵树苗栽在科哇清真寺门前，指派专人管护。后来不知什么原因，一棵枯死，只活了一棵。活着的这一棵，长势拙壮，成了一棵枝叶茂盛的参天大树。几百年过去了，如今它依然挺立在大寺门前，成为清真寺的一大景观。古老的白杨树成了撒拉人挺拔、高洁的象征，被看作撒拉地方的风水“宝树”。据说，撒拉地方的奎白杨树种都是从这棵树上砍下去的树苗。

世袭穆扎畏

科哇清真寺大殿落成，众人喜笑颜开。喜庆之际，学房、水塘、唤醒楼的修建计划又排到了日程上。大家看上了与清真寺毗连的两亩地，准备用它作基地。头头们与户主进行了协商，户主答应将自己的两亩门口田地捐给清真寺，提出的唯一条件是，往后无论到了哪个朝代，穆扎畏这一差使必须由他们家的人来当，辈辈相传，不得更换。这倒是从未有过的事情，穆斯林们都知道，穆扎畏可不是什么有油水的好差使，而是个烧水、打杂的苦活。捐地的人之所以要求干这一差使，主要用意是积善干好。当时，头头们拿不定主意，又和众人商量。众人同意了这个要求，逐渐地也就成了约定俗成的事。从科哇清真寺俊工到目前约三百五十年的历史进程里，无论社会如何动荡、变迁，穆扎畏的规矩没有变，一直延续下来，至今仍由当年捐地人家的后裔担任。有一千多户六千余人口的科哇，始终恪守当初的许诺。

流传地区：循化县白庄乡科哇地区

讲述人：韩海比，韩四十六，马六十等

记　录：韩福德，韩德润

搜集时间：1989 年 7 月

园古勒[1] 拱北

声名显赫的园古勒拱北，在穆斯林的信念中，是一方神圣的净土。拱北坐落在循化撒拉族自治县查汗都斯乡的古什群黄河石峡的悬崖峭壁上，地势异常险要，气势磅礴的黄河从园古勒拱北脚下奔腾而过，拱北峡也由此而得名。无论是去园古勒拱北参拜还是观光的人无不赞叹地认为：撒拉族祖先能在这样险峻的绝壁上一砖一瓦地修建起一座拱北，真是勇夺天工的壮举。

园古勒拱北内没有净骨，只是个克拉买提显迹拱北，可这个拱北在撒拉族、回族、藏族群众中有很大的影响力和吸引力。与其他拱北不同的是，不但穆斯林信仰它，而且信奉喇嘛教的藏族群众也虔诚地信仰着。据传，对园古勒拱北的归属问题，这两大宗教的信徒还打过官司呢，只是当时的官吏弄不清此事的来龙去脉，才不了了之。至今，两教群众虽然共同信奉着这个拱北，但各有各的内容，各有各的说法和叫法，传说也不同。此处“园古勒拱北”的传说叙述的仅是流

---

① 园古勒：撒拉语，贵重的意思。

传在穆斯林群体中的故事。

据说，很久很久的光阴里，在查汗都斯的古什群地方有个来吾滩，滩里青草丰茂，一个藏族小伙子每天赶着羊群来这里放牧。有一天晌午的时候，小伙子躺在草坡上悠闲地吹着口哨，当他把目光从羊群移向波涛滚滚的黄河时，只见一匹神骏的白马，前蹄踏在黄河北岸，后蹄踏在黄河南岸，一位白须冉冉、头缠“太斯达日”、身穿白色中拜[①]的老汉骑在马背上，手里拿着汤瓶侧身从河里舀水，然后策马跃过黄河。随后白马在瞬间消失，老汉则提着汤瓶朝来吾滩走来。小伙子翻起身，瞪大了眼睛，因当时的情景完全令他怔住了，以致白衣老汉与他擦身而过，走了一截路时，他才回过神来紧跟着老汉走。走了一阵子，老汉头也不回地说：“小伙子，你不要老跟着我，我们不是一个教门里的人，还是各走各的路好。”小伙子不听，继续跟着走，老汉却停步不走了，转过身对小伙子说：“你这样跟着我走冤枉路，没什么益处，还不如替我办件事为好。你现在就去查汗都斯庄子里找几个老人对他们说：‘这里有个头缠太斯达日、身穿白色中拜的老汉叫你们快来。’”小伙子听了有点为难：“我去给你传话，

① 中拜：穆斯林做礼拜时穿的长衫。

那羊谁挡哩？”老汉说：“你放心地去吧，羊由我看着，一个也丢不掉的。”

小伙子一溜小跑来到查汗都斯庄，找到了者麻提的几个老人，告诉他们有个头缠太斯达日的白衣老汉找他们。者麻提赶紧派了几个人跟着小伙子到了来吾滩。出乎意料的是，那位白衣老汉已不在来吾滩，只见小伙子的羊群安闲地卧在那里，四只白狼吐着鲜红的长舌在羊群周围转悠着。众人很惊异，怎么狼和羊还能在一起呢！小伙子以为狼吃了他的羊，吓坏了，急忙跑过去察看，这才见羊群平安无事，一只不少。四只狼见来人后瞬间消失。几个人四处去找那白衣老汉，却不见踪迹。但在一个石崖边闻到了一股沁人心脾的芳香，大家迎着香味走去，越往前走香味越浓。最后他们来到一处岩石绝壁跟前，看见壁上有一眼石洞，悬崖下一线黄河滚滚流过。他们不顾危险奋力爬了上去，走进石洞，还是没见白衣老汉。路到了尽头，他们没找到也无法再找，就折回到庄子里向者麻提说了前后经过。众人一致认为这是贵人的显迹，经过商量，他们筹措了钱粮，在石崖平台上修了个八卦形的园古勒拱北。有些信奉拱北的穆斯林常到这里过亡人的忌日，进行念经祭祀活动，有的到那里求儿要女，还有的在那里静坐修身，祈祷真主保佑。逐渐地，这个拱北的声望越来越高、影响越来越大、声名越传越远，来这里参拜的人也就越来越多。可拱北里容纳不了那么多人，为此清光绪末年（约1895年）在拱北下面又修了三间过亭以供信徒静修，以后来这里参拜的人既要干功还要礼拜。查汗都斯的撒拉人齐心协力在距拱北不远的地方又修了座清真寺，可容纳二百人做礼拜。寺里聘定了六个穆扎畏，其中，查汗都斯大庄三人，中庄一人，下庄两人。这六位穆扎畏除料理清真寺的日常事务外，还负责每年秋季到撒拉族、回族地区收“乜贴”，凡是信奉伊斯兰教的人们都会慷慨施舍，这就是园古勒清真寺每年的费用开支来源。

园古勒拱北自落成后一直由查汗都斯的撒拉人管理和维修，其主亭内建有一个墓型，俗称“拱子”。起初外表饰以砖雕，后来因络绎不绝的人流中，有人把墓中的土掏去当药吃，几年时间便把其中的土掏空了，墓壳失去了支撑，有的地方倒塌，因此约于1945年把砖雕改成了木雕，用松木板铺地，用核桃木作了墓壳。

关于园古勒拱北到底是谁的显迹说法不尽一致，有的说这是“哈三白才热”[1]的显迹，有的说这是“阿里巴巴”的显迹，还有一说，这是“黑

---

① 哈三白才热：伊斯兰教历史上的一位伟大人物。

达耶通拉亥”[①]的显迹。众说不一，没有统一的定论。可凡是去园古勒拱北的穆斯林，还是按照各自的信念与需求去祈祷。

流传地区：循化县撒拉族乡镇

讲述人：韩海力录，男，68 岁，撒拉族，查汗都斯乡人

记　录：韩福德

搜集时间：1989 年 10 月

---

① 黑达耶通拉亥：指穆罕默德圣人的第 25 世孙。

积石山

很早以前，循化县城附近的一个村庄里，有母子二人，阿妈年老靠儿子阿力打柴生活。阿力长得浓眉大眼，身材魁梧，是个结实的汉子。

一天早上，阿力上山打柴，刚到山上，天气大变。黑云从四方涌起，霎时间，雷声隆隆，大雨倾盆而下。阿力急忙跑向一个山洞避雨，刚到洞口，就瞧见一条黑蛇和一条白蛇在洞里打架，相互撕咬着，黑蛇占了上风，白蛇已现败象。眼看白蛇就要被黑蛇咬死，阿力迅速进洞抓住黑蛇的尾巴，将其用力甩出了山洞，此时恰巧一只老鹰飞来，顺势将黑蛇叼去。就在这时，白蛇突然不见了，白蛇所卧之处，却出现了一位婷婷玉立的姑娘，她羞怯地向阿力行礼，感谢救命之恩，并邀阿力到她家做客。阿力又惊讶，又欢喜，惊讶的是一条小白蛇竟变成了一个美丽的姑娘，欢喜的是他干了一件好事，救了一个柔弱的生灵。阿力是一个诚实的人，就壮着胆子答应了邀请。姑娘说：“你闭上眼睛，我不说你千万不能睁眼。”阿力刚闭上眼睛，忽地一下就到了空中，只听见腾云驾雾般的风响，不一会儿便风息人止，姑娘要他睁眼。阿力睁开眼，只见宫殿楼阁，金碧辉煌，花木繁茂，真是个好地方。姑娘低声对阿力说："等一会儿，你见了我的父母，父母定会感谢你的救命之恩。若要给你金银财宝，你只要家里的那只花公鸡。"阿力点了点头，表示知道了。

姑娘前面引导，阿力随后紧跟，来到一座大殿堂。大殿堂里正坐着姑娘的父母，她行了礼问候过后，就把阿力向父母作了介绍。父母听后十分感激，忙设宴招待。席罢，父亲端来一盘金子，母亲端来一盘银子，非要酬谢阿力。阿力摇摇头说道："尊敬的长辈，金子我用不着，银子我不愿要，我只要你家的那只花公鸡。"姑娘的父母听后，想了一会儿，还是答应了。说道："花公鸡是我的镇家宝，本不该给外人的，只因为你救了我女儿的性命，只好给你了。你要记住，当你把鸡抱在怀里时，你就能听懂它说的话，鸡的话万万不能告诉别人，如果告诉了别人，你和鸡就都会变成一座大山。"

阿力要回去了，临行时他和姑娘依依不舍，少女含情嘱咐阿力："你要是有意要我作媳妇，回去禀告阿妈，明年的今天你来娶我。"阿力非常高兴，点头答应。

阿力回到家里，把花公鸡放在门后横置的一根木棍上面，据说鸡上架就是从这时开始的。此后，阿力还是每天上山打柴。

一天，阿力打柴回来，觉得很累，就早早睡了。到了半夜，听见鸡“咕咕咕”地叫个不停，阿妈起来察看，发现静悄悄的没有什么动静，以为大公鸡是无事生非，故意搅扰他们的睡眠，于是对鸡非常不满，气头上打了它一巴掌，回屋睡觉去了。不料这一巴掌把鸡的眼睛给打麻（瞎）了，从此就留下了鸡麻眼的毛病。过了一个时辰，鸡第二次又“咕咕咕”地叫了一阵，母子二人没有搭理。第三遍叫过不久天亮了，鸡叫三遍天亮，也是从这时开始的。阿力起床抱着鸡一听，吓了一跳，原来鸡在预报一个很不幸的消息：“西边大山沟里发大洪水，直冲村庄而来，势头凶猛，乡亲们赶快逃难。”

阿力忙去动员村人，在村外较远处用石头垒了第一道堤坝，在村前用泥和草皮砌了第二道堤坝。村里人虽然听了阿力的话合力筑起了两道堤坝，但是为什么要筑堤坝，谁也不清楚，有人问阿力，阿力笑道：“你们大家到南山的洪沟里就会知道。”谁知众人到南山根一看，洪沟又细又窄，根本进不去，只好返回，还把这条沟定名为“细沟”。阿力这时又抱上公鸡，听鸡说：“洪水就要冲来了，村庄就要遭难，不多时就要吞没我们的村庄，叫乡亲们赶快到高处去避难。”阿力着急了，忙着叫东家、唤西家，劝说大家快快逃离村子，但是谁都舍不得离开自己的家。最后实在没有办法了，横在他面前的只有一条路，他决定用自己一人的性命挽救一村人的性命。他流着泪对众人诉说了花公鸡的来龙去脉，恳求大家即刻逃离。阿力刚交待完就变成了一座巍峨的石头山，怀抱着那只花公鸡矗立在群山之间。

当村人看到阿力抱着鸡变成山时，都惊呆了，正好这时洪水汹涌地向村子扑来，石头垒的第一道堤坝被冲垮了，淹没的地方就是现在的托坝村；泥和草皮砌成的第二道堤坝也被淹没了，成了现在的草滩坝村。人们吓得都往高处跑，跑到南山根，洪水越涨越高，眼看众人就要被洪水淹没，忽然南山腰裂开了一个洞口，洞里走出一位老人。传说这是姑娘的父亲，引导众人躲进洞里，遂即施法，封住洞口，这个洞就是现在的“神仙洞”。

众人在洞里一直蹲了七七四十九天才出来，此时，村庄被洪水漫得无影无踪，家乡已变得荒凉不堪，连南山上的森林也没了。后来才知道是被冲到了孟达，成了现在的孟达林棵。从此，在那巍峨的石山下，一条浑浊的大河，向东方奔腾而去，人们起名黄河。同时，在草滩坝村与托坝村的中间还卧着银光闪闪的一汪大水池，传说那是姑娘知道了阿力抱着鸡化成石山以后，到山下哭了三九二十七天，用眼泪汇积而成的。许多年后，一位圣人怕水池被弄脏，就把它搬到了孟达林棵的中间，便是现在的孟达天池。

后来，人们为了纪念阿力和花公鸡，就把那个石山起名积（鸡）石山。

流传地区：循化县积石镇一带

讲述人：韩阿不都，男，60 岁

记　录：马　忠

搜集时间：1989 年 4 月

拉布藏[①]

在循化撒拉族自治县白庄乡科哇至夕昌的路上，有一段南北走向的峡谷。东西两座石山对峙，气势雄伟，东面的叫哈狼山，西面的叫石头山，谷底流淌着清澈的科哇河。河上架着一座拱桥，就在拱桥以北不远处的悬崖峭壁上，一条银带似的瀑布倾泻而下，在瀑布跌落处形成了一个巨大的旋涡，水在这里飞快地旋转着。

传说很早很早以前，科哇是撒拉族和藏族杂居的地方。两个民族虽然宗教信仰和生活习惯不同，可是相处和睦，礼尚往来，亲如兄弟。那时的哈狼山，不像现在这样光秃秃的，而是树木茂盛，林荫覆盖。据说，科哇清真大寺修建用的木料就是从哈狼山上砍来的。可惜的是好景不长，以后这里的撒拉人为了引水浇灌农田，动手在哈狼山下挖渠，据说挖渠的人打伤了一只兔子，兔子带着伤跑到夕昌沟里去了。从此，哈狼山上的林木也一年一年地干枯了，成为现在的模样，而夕昌沟里却逐渐长出了郁郁葱葱的树林，

---

① 拉布藏：藏语，瀑布。

在九九八十一股清澈泉水的滋润下，成了绿草如茵、牛羊似星的夕昌沟。发源于夕昌沟里的这些泉水流下来后形成了现在的科哇河。然而，人们没有过几年安静舒适的日子，科哇地方便扑来了一个“莽斯汗尔”（九头妖魔）。它长着九头十八臂，青面獠牙，身高力大，经常出没在这山沟里。有时一只脚踩着哈狼山，一只脚踏着石头山，低头喝水，就在它经常喝水的地方形成了一个水潭。因为它时时将河水喝干，这就害苦了撒拉族的庄稼人，只能眼巴巴地看着那么多的地漫不上水，看着庄稼枯萎。俗话说，“一年的庄稼两年的苦”，怎不令人心疼。为此，人人叹气，家家犯愁，闹得人心惶惶，不可终日。不多日子，莽斯汗尔不仅喝干了科哇河里的水、吃完了庄稼人的牲畜，还开始吃这里的人了。

在这人心惶惶、人人自危的关头，科哇庄里出了一个叫保考的撒拉族青年大力士，他天不怕地不怕，想着跟莽斯汗尔争个高低。第一次搏斗就败于它的魔法，还差一点把自己的命给赔上了。正在这紧要关头，庄子里来了一个讨饭的藏族青年，名叫扎西。他到藏族“红保”（藏族的头人）家中要饭时，红保的女儿看见他的脖子上有条莽蛇在蠕动。怪得很，这个现象只有红保的女儿能看得见，其他任何人都看不见。扎西走后的那个晚上，红保家的骡子下了一头小骡驹，这又成了一件稀奇事。红保见他不是个平凡的人，就把他招为女婿。扎西听到莽斯汗尔危害庄子里的人，非常气愤，就下决心为民除害。他带上腰刀，骑着“更良”和保考一同出去寻找莽斯汗尔。寻了九天九夜，都没有见到莽斯汗尔的影子。等到第十天，莽斯汗尔又来吃人了，扎西与保考二人在峡谷的水潭边截住了莽斯汗尔并与它进行决斗。他们激烈地争战三天三夜，打得精疲力尽，还是难分胜负。正在这紧要关头，扎西的妻子领着全村的撒拉族和藏族群众纷纷赶来，挥起铁锨、板镢、榔头等呐喊着助战。刹时，寒光闪闪，尘土弥漫，山河震荡。扎西的妻子跑过来在丈夫和保考的脚下各撒了几铁锨尘土，在莽斯汗尔脚下撒了一袋豆子，莽斯汗尔滑倒在地，扎西和保考乘机将其杀死。此时保考不小心掉进潭里，扎西连忙解开脖子上的哈达伸进潭里，想把保考救出来，没想到，扎西的脚一滑，自己也掉进潭里去了，这时，“更良”也跟着扎西跳进潭中一沉无影。扎西的妻子和众人在潭边哭了三七二十一天，这时从潭中飞出了一对老鹰。藏族群众认为这是扎西和保考的灵魂，因此非常崇拜老鹰。

有一天，这对老鹰在哈狼山上的石壁上休

息时，一个撒拉族的挡羊娃用炮挂把它们给打死了。当藏族同胞们听到这个噩耗时，既悲痛，又气愤，一气之下就搬迁到现在的夕昌沟去安家。那个撒拉族挡羊娃为了诚恳悔过，用石头凿了一对“老鹰”，安放在哈狼山的石壁上，以示永远怀念。由于岁月流逝，风吹雨打，石雕老鹰分化裂开，现在的人误认为是扎西的一对鞋。

流传地区：循化县白庄乡科哇地区
讲述人：马奴日，男，70 岁
记　录：马　忠
搜集时间：1989 年 3 月

尕日拉舍海

循化撒拉族自治县白庄乡科哇尕日拉半山腰建有一处舍海的坟，其规模就像是个小清真寺，属于明末清初的古老建筑。过去遇到自然灾害，孟达山人和科哇人常到这里探望舍海，念经求雨，从其他各地来的信徒也是络绎不绝。这个舍海为啥埋在半山腰里，孟达山人为啥到这里来探望并求雨，有着一段动人的传说。

很早以前，孟达山庄子里有两个念经的阿娜，她俩不但念完了三十本《古兰经》，还能背诵下来。俩人吃在一起，睡在一起。有一晚，她俩睡到半夜里，做了个梦，梦中有个戴白帽、穿白袍的老阿爷说："我是个舍海，现在这里没有人给我念都哇，这个地方又不干净，你俩人告诉者麻提，把我移一下，我睡在夕昌麻日村南平滩里，麦扎上有个白石头。"俩人醒来，互相说了睡梦，觉得这是一个很要紧的梦。于是急忙回到家里告诉了老人，老人不信，认为这种显灵的事是不会托在女人身上的。阿娜也就把老人的话左耳进，右耳出，没再管。第二天晚上，两个阿娜又做了同头一晚一模一样的梦，她俩把这个情况直接告诉了开学阿訇。阿訇信了，很快把情况告诉了孟达山的者麻提，于是几十个强壮劳力、阿訇、老人们到夕昌麻日村迁移舍海的净骨。睡梦里说的地方真的挖出了舍海的净骨，人们将其包在“卡凡”里，放到担架上，抬着上了尕日拉山，朝孟达山方向走去。

这件事让科哇清真寺的者麻提知道了，他们也赶紧也叫了百八十个人，上尕日拉山拦截正在迁移舍海净骨的孟达山人。科哇的众人说：“这个舍海是我们地方上埋下的，我们要作主，孟达山人悄悄地移走，我们不同意。”可孟达山的者麻提说：“这个舍海是给我们庄子上的人显灵的，又叫我们来迁移的，这个舍海应该是我们孟达山人的。”争论了半天，各说各的理，争执不下。征得大家的同意，双方派阿訇和老人商量了一个办法，决定把舍海埋在尕日拉山上。这样孟达山人和科哇人都可以经常来探望舍海，还规定孟达山人前来探望舍海时科哇人宰牛宰羊，煮麦仁，打肉份子，做饭招待他们。后来科哇人又提出：若把舍海埋在尕日拉山上，孟达山经常有人来探望念都哇、做饭时路太远，山上又没水，最后商量把舍海埋在尕日拉山半腰里的一个平滩上。过了一段时间，科哇群众修了个大清真寺，把原来的小清真寺拆去给舍海修上了，所以不熟悉的人一看还以为是个清真寺呢。

舍海的净骨移来后，过了几年，又给这两个阿娜显灵说：“移我净骨时，我的两个指头骨落下了。一个人驮土时把指头骨和着驮去打了墙，你们在这家墙的西角能找到。”这样，孟达山人又捡回了剩下的那两个指头骨，在舍海的旁边埋下了。

孟达山人遇到干旱年间，前来舍海处念经，祈祷，求雨。他们从尕日拉山上下来时，都光着头、光着脚，把裤褪卷到膝盖处、袖子卷到肘腕处。每人头戴一顶用柳条编的圆帽，群众前面由两个未出嫁的阿娜领路，她俩各背着十五本《古兰经》，后面跟着阿訇和群众，念着经，朝舍海的坟而来。同时，科哇群众已经在舍海处宰牛宰羊、炸馍做饭、煮麦仁，做好一切接待工作。孟达山人和科哇群众一见面先说“赛俩目”问候，接着是阿訇讲经，讲完做两番礼拜，完了就吃饭，散场。孟达山人走不到尕日拉山顶便下起大雨来。群众回忆说：“孟达山人到舍海处念经求雨，连一次都没有落空过。”

这个舍海是从哪里来的？他的名字叫什么？没有人能回答。有人说，这个舍海是从阿拉伯来的四十个舍海之一，是个名望高、面分大的舍海，有的群众到园古勒拱北去探望时，那里的人会问，来这里前，你们到尕日拉舍海坟上去过没有？可见这个舍海的重要。

群众中说，科哇有个名叫韩哈三的老汉，有一次做了个梦，梦见过去科哇地区有个干功[1]很好的亡人，扶着一个老阿爷从舍海的坟中走了出来。他问那个亡人，你扶的这个阿爷是谁，那亡人清楚地回答说，是尕日拉山上的舍海，名叫"阿卜都拉亥"。

过去，还有一个老汉，天还没亮就去尕日拉山上种地，路过舍海坟时，看见有个穿灰色长衫的老阿爷，肩上搭着毛巾，手里提着个金子般闪光的汤瓶，到沟里去舀水洗阿布达思。

流传地区：循化县白庄乡科哇地区
讲述人：马阿卜都
记　录：韩福德
搜集时间：1988 年 8 月

① 干功：修身于宗教的人。

幻想故事

绣花枕头

从前，在一个山脚下，有几间草房，里面住着一个寡妇，叫哈七买。哈七买有三个尕娃，老大叫阿力，老二叫阿乙草，最小的叫达吾德。

寡妇绣得一手好枕头，她绣出来的花草鸟兽，就像活的一样。如果谁家的阿娜出嫁，都来买她的绣花枕头。她们一家四口，就靠她的一双手过日子。

有一天，哈七买拿了自己绣的几副枕头和袜子，到街上去卖，路过一家店铺，见里面摆着一张五彩的画，很好看，上面有高大的房子、好看的花园、绿绿的土地，还有果园、鱼池、牛羊等。她看了又看，心里乐滋滋的，就用买面和买线的钱，买了这幅画。

回家的路上，哈七买几次坐在路边，打开包袱，翻过来倒过去地看这幅画，心想："我要是能生活在这画里该多好？"

回到家里，打开包袱，又给儿子们看这幅画。她问老大："阿力！我们会住在这样一个村子里吗？"大儿子撇了撇嘴说："阿妈，这只不过是个梦想罢了！"哈七买又问老二："阿乙草！我们住在这样一个村子里该有多好！”二儿子也撇了撇嘴说：“阿妈！这只不过是镜子里的馍馍，得看不得吃，等下一辈子，生在有钱汉的家里才能办到！”哈七买又皱起眉头对尕儿子达吾德说：“我要是不能住在这样一个村子里，就会闷死的。”说罢，长长地叹了口气。

达吾德想了想，半开玩笑半实话地对阿妈说：“阿妈！你绣的画跟真的一样，你会把这幅画绣好的。以后你看着它就好像住在那个村子里一样。”

于是，哈七买买来五色丝线，照着画面，开始慢慢地绣起来。绣了一天又一天，绣了一月又一月。老大阿力和老二阿乙草，很不满意阿妈这样做，常常拉开她的手，不让她绣，并说：“阿妈！你尽绣不卖，光靠我俩砍柴换来的一些面吃，我们也够苦的了！”达吾德对大哥二哥说：“让阿妈好好地绣吧！要是不让她绣花，她会烦闷死的！你们嫌砍柴辛苦，从今以后我一个人去砍好了。”

从此，一家四口的生活，就靠达吾德起早贪黑地上山打柴维持。

哈七买不分昼夜地绣，晚上点起清油灯，油烟很大，熏坏了她的眼睛，可她还不罢休。一年后，哈七买的眼泪滴在绣花枕头上，她就在眼泪掉下的地方，绣上清清的小河和鱼池。两年以后，哈七买的血滴在绣花枕头上，她就在血点上绣上红红的太阳和鲜艳的花朵。

绣呀绣，哈七买一直绣了五年，终于把这幅画绣在了枕头上。这副绣花枕头真的绣活了：一排排高大的房子，蓝的瓦，青的墙，石的柱子，黄的门；门前是座大花园，里面开着各式各样的鲜花；鱼池里，金鱼摇摆着尾巴；房子左面是果园，所有的果树上结满了红红的果子，树枝上落着各式各样的鸟；房子右边是一块菜园，里面长着绿绿的菜，黄黄的瓜；房子后面有一片草地，有牛有羊，有鸡有鸭；离房子不远的青山脚下，有一大片土地，地里长着金黄色的庄稼；有一股泉水在门前流过，早上的太阳照在房上，显得格外秀美。

三个尕娃一见这副枕头，都赞叹着说："这副枕头实话太好看了！"哈七买也满意地笑了。忽然！一阵大风刮来，把这副绣花枕头卷出大门，直冲天空，一直朝着东方卷走了。

哈七买赶快追出大门，只是一转眼的工夫，绣花枕头不见了，她不能接受这个事实，随即晕倒在大门外。

三个尕娃把阿妈扶到房内，灌了些姜汤，待她慢慢地醒过来后，对老大说："阿力！你朝枕头刮走的方向去，把我的绣花枕头找回来，它是阿妈的命根子啊！”

阿力点了点头，穿上三线麻鞋，朝东方走去。走了一个月，他来到一座大山口，看见有座石房子，右边有一匹大石马，张着大嘴，好像要吃身边的青草。石房门口坐着一个白发苍苍的老阿奶，她看见阿力走来，就问：“尕娃！你去哪里呀？”

阿力说：“我去寻找我阿妈的绣花枕头，我阿妈绣了五年，被大风刮到东方去了。”

老阿奶说：“这事我知道，你阿妈绣的花枕头，是东方太阳的一群阿娜借去的，她们见你阿妈绣得好，借去做个样子，你若到那里去可不是一件容易的事！得先把你的牙敲下两颗，然后安在大石马的嘴里。大石马有了牙齿，才能活动，才会吃身边的草。等它吃完身边的草你就骑在它的背上，它会把你驮到太阳山。这还不算！路上还要过一座大火山，石马驮着你往火里钻，你得咬紧牙关还不能喊疼，要是喊一声的话，就会把你烧成灰！闯过火山，又要过大海，这海里风大浪大，还夹着冰块向你冲来。你得咬紧牙关，不能打冷战！要是打个冷战，大浪便会把你卷到海底。只要你有决心，闯过这三关，到了太阳山，你就可以向太阳阿娜要回你阿妈的绣花枕头了。”

老大阿力听了老阿奶的话，摸了摸自己的牙齿，想了想火山和大海，吓得他脸青手抖！

这时，白发阿奶看了看他的脸色，笑着说：“尕娃！看你的样子，你是经不起苦难的！我看，你还是不要去了。我送你一些金子，你回去好好推日子吧！”说毕，白发阿奶拿出一小盒金子，交给阿力。阿力拿上金子，连一声谢都没说，转身走了。

阿力一边走一边想：这盒金子拿回家里，四个人使用，不到两年就花完了，倒不如我拿上它远走高飞，一个人享受不是更好吗？他没回家，走了另一条路。

哈七买病得皮包骨头，躺在炕上，很长日子不见阿力的影子，于是叫来老二阿乙草说：“你到东方去把我的绣花枕头找回来，它是阿妈的命根子呀！”阿乙草点头答应，穿上三线麻鞋，和老大一样，来到白发阿奶的跟前。老阿奶又将先前的话照样对他说了一遍。阿乙草一听，也和老大一样，吓得脸青手抖！最后，也得了一盒金子，没回家，走了吃独食的路。

哈七买躺在炕上等了两个月，不见老大老二回来，身体瘦得像根干柴棒棒。她每天望着绣花枕头飘去的东方哭，把眼睛给哭瞎了。

这时，老三达吾德对阿妈说：“阿妈，大哥二哥不见回来，让我去吧！我一定把你的绣花枕头找回来！”

哈七买想了想说：“达吾德，你去吧！不要管我，邻居们会照顾我的。你一定要把绣花枕头找回来！”

达吾德穿上麻鞋，朝东方出发了。走呀，走呀，走到了大山口，见了白发老阿奶。老阿奶说：“尕娃！你的两个阿哥，经不起那些磨难，我给了些金子，打发他们回去了。我看你也拿上些金子回去，和阿妈过光阴吧！”

达吾德说：“我是来找阿妈的绣花枕头的，不是来找金子的，我阿妈还等着我哩！”说罢就地拾起一块石头，敲下自己的两颗前门牙，安在大石马的嘴里。果然，石马活了，低头就吃身边的草。等吃完了，他跳上马背，抓住马鬃，两腿一夹马肚，大石马仰起头“咴吼”一声，四蹄腾空向东跑去。

跑了三天三夜，终于来到火山脚下，红红的火焰，直向他和石马扑来！火仗风势，越着越旺。烧得达吾德肉皮“嗞嗞”直响，但他爬在马背上，咬紧牙根，越过了火山。紧接着又跳进了汪洋大海，这时，大浪夹着冰块，直向达吾德和石马冲来！达吾德忍受着痛苦贴在马背上，咬紧牙根，纹丝没动。只半天工夫，就到了对岸的太阳山。

在太阳山的山顶上，有座金碧辉煌的房子。

里面飘出了悦耳的歌声和欢笑声。达吾德两腿一夹，大石马四蹄腾空，转眼到了房子门口。他跳下石马进屋，看见一群美丽的太阳阿娜，围坐在一起。阿妈的绣花枕头摆在中间，她们正在照猫画虎地绣着。

太阳阿娜们一见达吾德闯进来，都吃了一惊！达吾德说明了来意后，一个太阳阿娜说："好吧！我们今晚连夜绣完，明天早上还给你，请你在这儿住一晚夕吧！"

天黑后，她们在堂屋里挂上了夜明珠，连夜绣花。有个身穿红衣裳的阿娜先绣完了。她把自己绣的和哈七买绣的一比，觉得哈七买绣得实在太好：太阳红灿灿的，鱼池清溜溜的，花园的花嫩鲜鲜的，草滩上的牛羊活生生的。红衣阿娜被吸引住了，嘴里不断地说："我要是能在这副绣花枕头上生活那该多好！"她见姐妹们还没绣完，就顺手拿上针线，在哈七买的绣花枕头上，绣上了自己的模样。

达吾德一觉醒来，正好半夜，太阳阿娜们也都去睡觉了。达吾德看见阿妈的绣花枕头摆在桌子上，心想：看样子她们还没绣完，要是天亮她们不把绣花枕头还给我咋办哩？阿妈病在炕上，不赶紧把枕头拿走的话，阿妈的性命恐怕都难保！于是他把绣花枕头折好藏在怀里，走出大门，骑上石马，两脚一夹，大石马趁着月光往回跑。他咬紧牙根，贴在马背上，渡过了汪洋大海，翻越了火山，到了大山口。这时，白发老阿奶站在石屋门前，笑嘻嘻地说：“你真是个儿子娃，你把石马牵到原地方吧！”达吾德按老阿奶说的把马牵到原处。这时老阿奶从马嘴里拔下两颗门牙，安在达吾德的嘴里，大石马又站在那儿一动不动了。

老阿奶又从石屋里拿来了一双鹿皮靴子给了他。说：“尕娃，你穿上这双鹿皮靴子回家吧，你阿妈不行了！”达吾德蹬上鹿皮靴，只一会儿的工夫就到家了。一看阿妈，躺在炕上，有气无力地哼着。他走到炕沿边，喊了声“阿妈”后，从怀里掏出了绣花枕头，放在阿妈的跟前。阿妈一见自己绣的枕头，一骨碌爬起来。顿时，眼睛发亮了，笑眯眯地看着自己亲手绣了五年的花枕头说：“尕娃！屋里黑洞洞的，我们到大门外头太阳底下去看吧！”

哈七买和老三达吾德走到门外，把绣花枕头展开，铺在地上。一阵香风吹来，绣花枕头慢慢地伸展、伸展，只一会会儿的工夫，就把几里宽的平地都铺满了。哈七买原来住的几间破草屋不见了，眼前出现的是几间金碧辉煌的大房子，周围是花园、果园、菜园和牛羊、鱼池、草地，与绣花枕头上的一模一样，只是多了个站在鱼池边穿红衣裳的阿娜。阿娜说：“我是太阳阿娜，只因一时快活，把自己的像绣在了枕头上，才跟绣花枕头一块儿到这里来了。”哈七买急忙把太阳阿娜引到堂屋里，问她能不能做自己的儿媳妇？太阳阿娜答应了。于是达吾德和太阳阿娜结成了美满夫妻。

哈七买是个知恩图报的人。自打三个尕娃出门后，左邻右舍的人都关心她，现在她有这么大的庄子，一家人住，心里十分过意不去，就把所有照顾了她的人都叫到庄子上，给他们修了房子，安了家。有一天，庄子上来了两个叫花子，他俩正是哈七买的老大儿子阿力和老二儿子阿乙草。他俩自得了白发老阿奶的金子后，跑进一座城里，大吃大喝，没过两月，坐吃山空，把金子花完了，没办法，只得靠要饭过活。他俩来到这个庄子上，见阿妈和达吾德夫妇在花园里劳动，心想进去，可一想过去的事又觉得没脸见阿妈，就拖着要饭的打狗棒走了。

流传地区：循化县白庄乡一带

讲述人：马哈里买，女，65 岁，撒拉族

记　录：马秀兰

搜集时间：1982 年 3 月

阿吾的箱子

从前，有个阿吾，他有一只心爱的箱子，这个箱子里有个像花一样的阿娜，叫云古日玛姑。所以，他非常喜欢这只箱子，更喜欢箱子里的阿娜。阿吾白天晚上地守着箱子，生怕被人偷走的样子。

有一天，阿吾要出远门，带上箱子不方便，于是他把箱子寄放在隔壁阿奶的家中，并托咐阿奶：千万不要让别人偷走箱子。

庄子上有个叫麻子阿姑的阿娜，她有一个像麻袋一样的尕日鬼①妹妹，阿吾的这箱子的秘密不知怎么被她知道了，她就和阿姐一同来到阿奶家里，死皮赖脸地要借箱子，缠得没办法，阿奶只好把箱子借给了她们。待抬到家里，打开箱子一看，看见云古日玛姑阿娜长得非常漂亮，相比之下，麻子阿姑嫉妒了，于是用剪子先挖去了云古日玛姑的一只眼睛，然后又剪断了她的吃细骨②，把埋体埋在了塄坎底下。最后，又剪了个假的云古日玛姑的模样，装在箱子里，还给了老阿奶。

---

① 尕日鬼：方言，即身材小的意思。

② 吃细骨：即嗓子，喉咙。

不知过了多少日子，阿吾回家了。一到家，迅速跑到阿奶家里，问："阿奶，我的云古日玛姑箱子借给别人了没有？"阿奶就把麻子阿姑姐妹如何借箱子的事说了，并把箱子交给了阿吾。

在一个主麻日的早上，老阿奶提上篮子准备到地里拔些草。当走到埋着云古日玛姑的塄坎时，听到有人叫喊的声音，但不见人影。仔细一听，传出的声音越来越大。"老阿奶！请拉我一把，你没丫头我给你当阿娜。"阿奶顺着声音挖去虚土，看见一个被挖去一只眼睛，但长得十分好看的阿娜。阿奶把她拉了出来，说："可怜的阿娜！我家里穷得揭不开锅，吃没吃的，穿没穿的，你到我家里吃啥哩？喝啥哩？"云古日玛姑说："吃穿用的你不要操心，有了我啥也有了。"并让老阿奶抓来了路边的一把土，一起拿到阿奶的家里，撒在三都胡[①]里。一会儿工夫，白花花的面装满了三都胡。云古日玛姑又让老阿奶拾来了一把干柴，也是一会儿的工夫，阿奶的房上就堆满了烧柴。从此，她们的光阴过得很舒坦。

一天，云古日玛姑对阿奶说："阿奶，我剪了些花样，你拿到街上卖几个钱，如有人用人眼、狗眼或鸡眼换的，你换来也可以。"第二天，阿

① 三都胡：撒拉语，即装面的柜子。

奶拿上花样，来到街上，摆了个小摊。

这时，麻子阿姑经乔装打扮，变成了云古日玛姑，已成了阿吾的媳妇。她听说阿奶的花样好，就拿出云古日玛姑的一只眼睛，换了个花样。老阿奶把换来的眼睛给了阿娜，阿娜就把它装进了自己的那只瞎眼窝里。从此，云古日玛姑显得更加漂亮了。

一天，云古日玛姑打发阿奶，去请麻子阿姑两口来家做客，老阿奶很为难地说："哎西[1]，阿娜！她家里富得淌油里，我能请得来吗？"云古日玛姑说："你只管去请就是了。"阿奶来到麻子阿姑的家，说明了来意。阿吾一听，讥笑着说："你们家里穷得屁都夹不住，能请得起我们吗？若请得起我们，先从你家到我家的路上铺一层红毡，再在红毡的上面，铺上一层白毡，并在路的两旁栽上果树，树上还要结满果子。"老阿奶回到家里，把这一切告诉了云古日玛姑。云古日玛姑一听，笑着对阿奶说："你拿上些红布和白布，先把红布剪成碎片，撒在路上，再把白布剪成碎片，撒在上面。"说着还把剪好的树样交给了阿奶，让她撒在路的两旁。阿奶按云古日玛姑说的，把碎布片及树样子，分别撒在路上和路的

---

① 哎西：撒拉语，即感叹词"啊哟"的意思。

两边。老阿奶还没到家，路面上已红一层白一层的呈显出白里透红的地毡，两旁的果树上，果实累累。麻子阿姑和阿吾没话可说，只得骑上高头大马，来到阿奶家里。这时，云古日玛姑早已把饭菜准备停当。阿吾吃了几口，发现碗里有枚戒指，认出是云古日玛姑的，心里便明白了几分。心想，要和真正的云古日玛姑团圆，就必须先害死麻子阿姑。于是，他问麻子阿姑："你若回家，如何在你阿妈面前哭？"麻子阿姑说："我就这样哭：阿妈！阿妈！我要穿我的及及汗褡[①]；我要穿我的及及裤子，我要去'加哈拉'[②]。"阿吾和云古日玛姑听得真真切切。一会儿，麻子阿姑和阿吾去解手[③]，阿吾趁其不备顺手一把将麻子阿姑推到了茅坑里，没管死活，回来就和云古日玛姑相会了，并把她接回自己的家里。云古日玛姑装扮成麻子阿姑的样子说："阿妈，阿妈！我要穿我的及及汗褡，我要穿我的及及裤子。"麻子阿姑的阿妈拿出最漂亮的汗褡和裤子让她穿上，云古日玛姑穿了新衣新裤，显得格外漂亮。阿妈夸奖说："麻子阿娜！今天你格外心疼：你的脸白得像奶子，今日麻子阿姑的名字也该换了。"之

---

① 及及汗褡：撒拉语，即新衬衫。

② 加哈拉：撒拉语，大便的意思。

③ 解手：即上厕所。

后，阿吾领着云古日玛姑走出了房门。这时，麻子阿姑从茅坑里爬出来，回到阿妈的跟前，阿妈一见麻子阿姑的样子，就喊了起来："哎西！哎西！你怎么了？"麻子阿姑就把一切说给了阿妈，并商量好害死阿吾的办法。可她俩还没来得及动手哩，云古日玛姑已经像以前那样，躲进阿吾的箱子里两人一起远走高飞了。

流传地区：循化县查汗都斯乡一带
讲述人：韩阿不都，男，60岁，农民
记　录：马文林

阿腾其根·麻斯睦[1]

很早以前，有一个人，家里养着一匹白马。有一天，这人喂马时发现马怀了驹，过了一段时间，那匹马竟生下了一个尕娃，主人急忙抱着尕娃来到阿訇家里，于是，阿訇就给尕娃起了个名字，叫阿腾其根·麻斯睦。

麻斯睦一天一天地长大，从小喜欢练武射箭，随着年龄的增长，武艺也一天比一天高强。有一天，他对主人说："我的主人家啊，我是马生下的，独身一人没有一个兄弟，现在我要出去找个弟兄。"主人答应了。

第二天，麻斯睦背上弓箭上路了，走到半路看见一堆石头缝里冒着烟，就射了一箭。这时，从石头缝里出来一个人说："你一个走路的人打我房子干啥，若你是寻亲的，就请进来。"麻斯睦说："我就是寻亲的。"那个人听了很高兴，急忙又说："那你就进来吧，我正好没有弟兄。"麻斯睦进去同他结拜了兄弟，他们又一起结伴寻亲了。走着走着，他们看见路边的木头缝里冒着

① 阿腾其根·麻斯睦：撒拉语，意为"马生的人"。

烟，麻斯睦又射了一箭，这时木头缝里也出来一个人，说："你们走路的打我锅干啥，若你们是寻亲的，就请进来吧。"他俩就走了进去，结拜为三兄弟。按年龄大小，他们依次排名为：达石腾其根·达石达古[①]、阿亥西腾其根·木尼古[②]、麻斯睦。

从此以后，三个兄弟就住在一起，白天上山去打猎。奇怪的是，每次打猎回来，不知是什么人就会把饭菜都做好，还摆在桌上，天天如此。于是，他们就商量："从明天起，我们轮流在家看守，看看是谁做的饭。"

头一天由达石达古守家。这一天，达石达古看到从远处飞来了三只鸽子，落到房槽上后把翅膀脱下来挂在墙上，嘴里喊道："嘟嘟面出来，咕嘟油出来。"随后就变成三个阿娜开始做饭了。眨眼间，饭菜做好摆在桌上，然后又套上翅膀飞走了。晚上，两兄弟回来后问达石达古："究竟怎么一回事？"达石达古说："是三个鸽子变成三个阿娜做的饭菜。"木尼古和麻斯睦听后，三人又商量，让木尼古来守家，看看有没有这事，

① 达石腾其根·达石达古：撒拉语，意为"石头里出来的人"。

② 阿亥西腾其根·木尼古：撒拉语，意为"木头里出来的人"。

如果她们再来，一定要抓住，不要放走了。第二天，由木尼古守家，过了一会儿，果然飞来了三只鸽子，但木尼古有点害怕，没敢出来抓，眼睁睁地看着三只鸽子又飞走了。第三天，由麻斯睦留下来守家，他见飞来了三只鸽子，嘴里不停地喊到："嘟嘟面出来，咕嘟油出来。"不一会儿，面也出来了，油也倒满了，然后把翅膀脱下来挂在墙上，变成了三个阿娜，忙着去做饭。这时麻斯睦悄悄地出去，取下挂在墙上的翅膀，用火烧了。待三个阿娜做完饭菜穿翅膀时，发现翅膀不见了。这时，麻斯睦出来笑了笑说："你们再也不能变成鸽子了，就留下来跟我们一起生活吧。"三个阿娜听了以后，其中一个长像最好看的说："你这样做有些太早了呀！我们三个也只能留下来了，如果你们没有姊妹，我们就给你们当姊妹；如果你们没有媳妇，我们就当你们的媳妇吧。"麻斯睦听后高兴地说："那就给我们三兄弟当媳妇吧。"

原来这三个阿娜，一个是古尼阿娜（太阳阿娜），一个是阿伊阿娜（月亮阿娜），一个是玉路土斯阿娜（星星阿娜）。其中古尼阿娜长得最俊，麻斯睦赶紧给她脸上抹了些锅灰，看起来白一块黑一块的有点难看。天快黑了，达石达古和木尼古两个哥哥回来了，麻斯睦把她们愿意给他们兄弟当媳妇的事说了，然后让达石达古和木尼古先挑，两个阿哥争着挑，结果古尼阿娜被挑剩下了。之后，他们带她们三个到河边洗脸，看看哪一个的媳妇好看，这才发现她们三人中古尼阿娜最好看，可两个哥哥也只能无话可说。

从此以后，三个兄弟照常上山打猎，日子一天比一天好起来。他们三人一有空闲就练武、射箭。三兄弟中麻斯睦武艺高强又聪明，这让两个阿哥心里很不服气，不但想害掉麻斯睦，同时又在他的媳妇身上打起了主意。

有一天，家里受惊的老公鸡把灶火里的火给扑灭了，三个媳妇无法做饭，只得出去取火。她们走啊，走啊！一直走了很远，才看见前面石崖下面的一个茅房里冒着烟。走近一看，还有一个大门。她们推开门，看见里面有一个老阿奶，老阿奶赶紧起来问她们有什么事？她们就把找火苗的事说给了她，老阿奶笑咪咪地说：“我的火苗不能随便给你们，若是给你们，那么你们必须答应给我当女儿。”三个阿娜答应了。临走时老阿奶还给了她们一口袋胡麻，谁知口袋被戳了个小眼，待她们走到家胡麻也撒了一路。第二天，老阿奶沿着胡麻找到了她们的家，说是来看看女儿们，顺便也给她们捉一下头上的虱子。这样老阿奶天天来来去去，三个媳妇也一天天地黄瘦起来，她们饭不吃，菜不咽。三个兄弟发现这事后做了商量，决定轮流守家看个明白。头一天，达石达古守家，到了中午，老阿奶来了，她坐了一会儿，就轮流给三个媳妇捉头上的虱子，达石达古仔细一看，她不是捉虱子，而是在吸她们的血。原来这老阿奶是莽斯罕尔[①]！到了晚上，两兄弟回来，达石达古把情况告诉了他们。第二天，木尼古看家，他看到的情况和头一天达石达古看到的情景一模一样。最后，轮到麻斯睦看家，当他看到莽斯罕尔正在吸古尼阿娜的血时，毫不犹豫地拉开弓箭，射掉了莽斯罕尔的头。忽然，莽斯罕尔的头上又迅速长出了另一个头，原来这是九头妖魔。麻斯睦又连续射掉了七个头，这一下子莽斯罕尔痛得要命，背起古尼阿娜拔腿就跑了，一路上淌了很多血。当晚两个哥哥回来后，他们又商量了一下，决定去追莽斯罕尔。他们沿着路上的血迹找到了莽斯罕尔的住处，原来莽斯罕尔住在一个很小的山洞，当时两个哥哥怕得不敢下去，就让麻斯睦下去。麻斯睦到了洞底，找到了古尼阿娜。古尼阿娜赶紧将他藏在灶火洞里，正在这时，莽斯罕尔回来了，一进门就问："哪里来的生肉气味？"古尼阿娜说："你天

---

① 莽斯罕尔：撒拉语，意为"吃人婆"。

天吃的是人肉，怎么会没有生肉味。”莽斯罕尔一听就放心了。正在此时，天空飞来的一只乌鸦在洞口叫个不停，莽斯罕尔又怀疑了起来。这时麻斯睦从灶火洞里出来，古尼阿娜赶紧在莽斯罕尔的脚下撒了一升豆子，在麻斯睦的脚下撒了些灰，莽斯罕尔问：“这是什么意思？”古尼阿娜说：“你像豆子一样硬，他像灰一样软，打起来你一定能战胜他。”于是两个人拉开架势打了起来。待莽斯罕尔滑到墙上无力还手时，麻斯睦一看正是下手的好机会，退后两步后，一箭射去，妖魔倏地倒下，麻斯睦乘机一跃而上，扑过去就剁下了莽斯罕尔的头。然后，麻斯睦将莽斯罕尔的牛羊等财产运到洞口，叫两个哥哥一一拉了上去，媳妇古尼阿娜也被拉了上去，可是轮到麻斯睦时，两个哥哥却扔下绳子走掉了。

麻斯睦在洞里转来转去，无法出洞，只好在洞里过夜。等到第二天天亮，麻斯睦醒来后一看，一条蛇正咬住一只小鹰，麻斯睦拉起弓弦，一箭射死了毒蛇，救起小鹰。小鹰很感激他的救命之恩，答应帮他出洞，还要麻斯睦到它家里去一趟，说它的父母可以救他出洞。这样麻斯睦便来到小鹰家里，两只大老鹰一见麻斯睦时就要吃掉他，这时小鹰赶紧说：“他是我的救命恩人，不要吃他。”并请求父母帮他出洞。但是，两只老鹰提了条件，要求麻斯睦十天之内打来一百只麻雀才肯帮他出洞，麻斯睦也只好答应了。麻斯睦整天守在洞里打从洞口处飞来飞去的麻雀，到约定的最后一天，总共打了九十九只，剩下的最后一只麻雀怎么也打不上，这时，麻斯睦因为急着要回家，不想再拖延时间，就来到老鹰面前，说一百只麻雀打够了。

第二天，麻斯睦骑在老鹰的背上，并按老鹰所说的，每飞一圈就得向它嘴里放一只麻雀。到剩下最后一圈时，九十九只麻雀全放完了，麻斯睦只好割下腿上的一块肉，放入老鹰的嘴里，才飞出了洞。麻斯睦从老鹰背上下来后，老鹰见他走路一瘸一拐的，就问他腿怎么了？麻斯睦把腿上割肉的事说给了老鹰，老鹰又把麻斯睦腿上的那一块肉吐了出来，贴回到了他的腿上。

麻斯睦高高兴兴地回家去了。走了一段路，觉得肚子也饿了，走得也乏了，就躺下来休息一会儿。这时一个背水的女子走了过来，看见地上躺着一个男人，很面熟，而且很像自己的男人，便伤心地哭了起来。麻斯睦看到这女人哭得很伤心，迎过去问她：“你有啥事这样难过？”这女人说：“我的男人长得跟你一样。”她还说了自己的遭遇，这时麻斯睦才知道她就是自己的媳妇，看到自己的媳妇又黑又瘦，心里想：古尼阿娜肯定是受了两个哥哥和嫂子的折磨！麻斯睦因为想知道两个哥哥的实情，没有承认自己是她的男人，他想一直等在这里看个究竟。

第三天，麻斯睦看见古尼阿娜和两个嫂嫂都来背水，他故意躲在路中间，挡住了去路。两个嫂嫂走到跟前大声喊叫：“哪里来的乞丐，挡住了我们的路，快走开！”麻斯睦回答：“你们的事要紧的话，就从我身上跳过去，不要紧的话就请你们绕着走。”这样，两个嫂嫂从麻斯睦身上跳了过去，只有古尼阿娜绕了过去。为此，古尼阿娜回家迟了些，又挨了两个哥哥的一顿毒打和嫂子们的责骂。这时，麻斯睦终于来到家门口，把两个哥哥狠狠地责骂了一顿，两个哥哥回头一看，前面站着的是衣服破烂的麻斯睦，就持刀朝他砍去。麻斯睦一闪，躲开了砍来的尖刀，拿起弓箭射死了背信弃义的两个哥哥，随后，赶走了两个嫂嫂。从此以后，古尼阿娜和麻斯睦又过上了好日子。

一对鹁鸽[1]

从前，有个巴日克希[2]和尧合克希[3]，巴日克希有一个阿娜，尧合克希有个阿吾[4]。

巴日克希把阿娜从小女扮男装，跟尧合克希的阿吾一起上学，一起玩耍，俩人像亲兄弟一样，互相称呼阿哥、弟弟。尧合克希的阿吾时时刻刻保护着这个“小弟弟”。

随着年龄的增长，俩人长大成人了。学校里的老师们发觉这个巴日克希的“阿吾”一举一动，很像一个阿娜，老师们起了疑心。商量着看看到底是阿娜还是阿吾。

一天，学校里宣布所有的男学生，都要参加尿尿比赛，谁尿得远，谁就是第一名。这下巴日克希的阿娜可给难住了，怎么办呢？她苦苦地思谋来思谋去，终于想出了一个绝妙的办法。比赛的那一天，男同学们一个个排好队，从房子里往外尿，轮到巴日克希的阿娜，她就把提前准备好

---

① 鹁鸽：方言，鸽子。

② 巴日克希：撒拉语，指有钱人。

③ 尧合克希：撒拉语，指穷人。

④ 阿吾：撒拉语，对儿子的昵称。

的羊尿泡，装满了水，塞进裤腰里，使劲往外一挤，超过了所有的男学生，得了第一。老师们没看出个究竟，反倒越糊涂了。

第二次，老师们又想了一个办法，通知校内所有的男学生参加游泳比赛。这又给巴日克希的阿娜出了个难题，她动了动脑筋，又想好一个办法。到了比赛的那天，男同学们一个个地跳进水里，等快轮到她比赛时，她突然大声对同学们喊着说："哎，你们快看呀！前面有个公鱼背着个母鱼。"这时老师和同学们都看前面，她乘机跳进了水里，就这样又骗过一次。

快毕业了，巴日克希的阿娜和尧合克希的阿吾已到了难分难舍的地步。尧合克希的阿吾看出来，这个"弟弟"干活、说话都不像一个阿吾。还有一天，尧合克希的阿吾叫"他"去上学，发现"他"胳膊上竟搭着一条丝线出来，说是嫂子在绣花时，跟嫂子开玩笑抢来的一根。

就在毕业的前几天，巴日克希家给阿娜来了一封信，说是阿大病重，快回家一趟。临走前，阿娜给老师说了自己的确是个阿娜！因她阿大认为一个阿娜在学校里跟男学生一起念书，是件不光彩的事，所以一直叫她女扮男装，也给尧合克希的阿吾留了一封信，让老师转交。

阿娜走的时候，阿吾送了她一程路，到了一

条小河边，阿吾看“小弟弟”过不去，就背上“他”过河。到了河中心，她说：“阿哥，你看，天上有一对鹁鸽，公鹁鸽背着母鹁鸽，你看真热闹。”这老实的阿吾根本没听懂她话中的话，就这样两人分手了。

阿吾回到学校，老师说了她的情况并转交了阿娜给他的信。阿吾急忙拆开信看下去，信中说：“我是阿娜，我的心早已交给了自己心爱的阿哥，死活是你的人，赶快打发媒人来！”他这才知道了真相，赶紧收拾了一下，回家了。待打发媒人去巴日克希家说亲时，巴日克希早已把阿娜的婚事订了，等着定结婚的日子呢。阿吾知道时已经完了，急得得了相思病，不久病情加重便无常了。巴日克希知道阿吾无常了，就急忙操办阿娜的婚事，不然阿娜要是再出个一差二错，怎么给对方交待呢？就这样选了个成亲的吉日，急急忙忙地准备着阿娜的嫁妆。

到了送亲的那天，阿娜对阿大说：“我有一个要求，送我去的路上要经过阿吾的麦扎，在那里停一下，我要看看他！”阿大心想，这也没多大的关系，反正他人已经死了，再也不能复活，就让她看看吧！就这样，花轿里抬着新媳妇出发了，到了阿吾的麦扎跟前，花轿停了下来，新媳妇下了轿，慢慢走到麦扎跟前，爬在上面哭了一会儿，然后站起来擦干眼泪，突然像疯了般地喊了一声："阿哥！"跑向黄河就跳了下去。接亲的人和送亲的人都看得目瞪口呆，站在那里不知如何是好。

后来据人们传说，从麦扎和黄河中，同时飞出一对鹁鸽，一起飞向天空。

流传地区：循化县白庄乡一带

讲述人：马索呀，女，45岁，撒拉族，农民，白庄乡张尕村人

记录人：马秀兰

搜集时间：1988年4月

胡赛和哈三的故事

从前，有个人在他的妻子无常后，为了照顾年幼的儿子，就续娶了一个媳妇。开始，后妈对儿子胡赛还不错，可不久，她就有了自己的孩子哈三。自从有了哈三，胡赛的生活就变了一个样。

每天天不亮，胡赛就被后妈叫起，饿着肚子到山里拾粪，回来后给他吃一些剩饭、馍馍或菜汤汤，而且从不给吃饱。如果有拾不满背斗回来的日子，轻则辱骂一顿，重则毒打一通。而后妈对哈三就不一样，油填馍馍白面饭，绸缎衣裳狐皮帽，娇生惯养使他成了一个衣来伸手、饭来张口的懒汉。阿大看到这种情况，多次劝说后妈，可是她根本不管，只是对胡赛更加折磨。

到了十七八岁时，后妈为了显示哈三的小聪明，就提出让他俩去做生意。阿大听了，觉得这能使胡赛摆脱后妈的折磨，就给了每人五十两银子，让他们去做买卖。

两人出门后来到一个岔路口，胡赛对弟弟说："哈三，我们这样下去不是个办法，我看还是分开去做的好，明年的这一天，我们还在这里碰头，谁先到了谁就在这里等着。"哈三同意了，于是两人分别上路了。走了几天，胡赛来到一个县城，他见县里生意兴隆，于是也就在这里学起了做买卖。哈三来到另一个县里，他找到一家店住下了，因为从小被娇生惯养，对买卖一行一点也不知道，而且懒得找活干，没住几个月就把五十两银子花了个精光，开始了叫花子的生活。

一年时间过去了，这天，他俩按约定来到了岔路口，哈三从远处看见阿哥胡赛骑着一匹高头大马，牵着两峰骆驼，在那儿等着他。哈三低下头，面带惭愧地来到胡赛身边，一句话也不说地站在那儿。胡赛看他这种情景不说也明白了，安慰了他几句后，一起踏上了回家的路途。

常言说，归心似箭，可是哈三越走心事越重，越走就越不愿回家了。他想阿哥挣了这么多的钱和物，自己连一根筷子也没有弄来，而且这般地可怜，怎么回家见阿大阿妈呢？他思谋来思谋去，走了一段路程后，抬头看见路边有一口井，不由计上心来。他转身对正在走路的胡赛说："阿哥，我渴得很，咱们喝点水再走吧？"胡赛也想让牲口喝点水，就说："好吧。"他拴好骆驼，听哈三在井边叫道："阿哥快来，井里掉进了一个人，我们把他救上来吧。"胡赛一听跑着来到井边，一看看不清井里的人，急着跪下来细看时，哈三乘机一把将他推到井里。这下，哈三骑上马，赶上骆驼得意扬扬地回家了。

胡赛被推到井里后，幸运的是井并不深，井水浅，没被淹死。他正在急着上来的时候，只听到井旁的树上飞来两只喜鹊，还吱吱喳喳地说着人话，他详细一听，原来是它们在说各自所知的秘密。一只说道："嘿！前面那个村庄的人到这么远的地方来挑水，真划不来，实际上在他们村头的那块石头底下就有一股泉水。这个村庄山背后的那个石洞里有一堆沙子，挖掉沙子就有一斗黑金子。"另一个接着说："唉！人们不知道的还多着哩，这个庄子中心的那棵又老又大的榆树下，有一瓶水，这瓶水专门治眼病，瞎眼睛只要用它一擦马上就会复明。"两个喜鹊你一言我一语的说罢就飞走了。胡赛心里急得像火烧一样，他耐心地等待前来打水的人。天快黑时终于来了个老阿奶，她听到井底传来人的呼救声，就叫来村里的几个年轻人把他吊了上来。问起怎么掉下去时，胡赛就把自己的遭遇讲给了他们。阿奶听了后，说："你就当我的干儿子，住到我家里去吧？"胡赛想想自己实在有家难归，就答应了。住到阿奶家后，胡赛按喜鹊所说的话取来了山洞里的金子和树底下的药水，并治好了村里的瞎眼病人，然后又领上村里的几个人，搬开石头引出了泉水。他还把阿奶的家重新修理了一番，把金子散给了庄子上的穷苦人家。胡赛成了众人夸赞的人，还和一个俊俏的阿娜结了婚。

再说哈三来到家中，骗说自己如何能干，又说胡赛没有做成买卖，没脸来见父母，阿妈一听高兴得不得了，说她很早就知道哈三的本事。可阿大听了忧心忡忡，想自己当初为胡赛的幸福续娶了后娘，没想到这反而使胡赛受尽了折磨，到今天流离失所。因此他的身体一天不如一天，终究病倒了，还因思念胡赛哭瞎了双眼。这样，哈三就成了家中的掌门人，但是哈三没有治家的本领，没到几年就把胡赛挣来的钱花光了，家产也全变卖了，一家人过起了叫花子的生活。一天他们讨到了胡赛的门上，但他们不敢进去，因为他们看到大门在闪闪发光，耀得睁不开眼睛。可胡赛早就看见了他们，先没和他们相认，只是叫他们进来吃饭。当他们刚进院子时，突然一阵大风刮来，吹倒了院里的一棵大树，大树不偏不倚正好砸在了哈三母子俩的身上，把他俩当场打伤无常了。

胡赛看到也大吃了一惊，就葬了他们的埋体，又正式把阿大接进自己的家里，为阿大治好眼睛，诉说了自己的遭遇。从此，他们过起了幸福的日子。

流传地区：循化县积石镇西沟一带
讲述人：韩生英，男，32 岁，撒拉族，小学
　　　　文化程度，西沟村人
记　录：刘凤兰，马秀兰
搜集时间：1989 年 5 月

伊奴四和赛力麦

从前，一座青山脚下，有个撒拉人住的村庄，庄子里有个名叫伊奴四的小伙子，为人忠厚善良，可家境贫寒，父母双亲又去世得早，二十几的人了，还没娶上媳妇。

有一天他上山打柴，正要背柴往回走时，发现柴捆的空隙里躲着一只受伤的鸽子，正张着嘴喘息，伊奴四心疼地把鸽子轻轻抓起来，抱在怀里，又从衣裳上扯下一绺布包好它的伤口，这才背着柴回家了。

从此，像阿妈疼爱儿女一样，伊奴四疼爱着这只鸽子。他每天按时给鸽子喂食、饮水、洗伤口，这样精心护理了一个多月，鸽子的伤好了。

伊奴四每次离开家，生怕鸽子发生意外，都要把它扣在筛子底下。一天，伊奴四打了柴往回走时，从远远的山上就看见自己家中升起了炊烟，他想家里没人，烟洞里怎么会冒烟？他加快了步子很快到了家，进屋一看，连个人影都没有，但炕桌上却摆满了热气腾腾的饭菜，这是怎么回事？他猜不透。这天，他和往常一样，又上山打柴去了，这一天他提前回来，从后墙翻进大门，想躲起来看个究竟。这时，鸽子从筛子底下钻了出来，只见它摇晃了一下身子，羽毛就噗噜噜地脱落了，即刻化成了一个俊美的姑娘，走到伙房里做起饭来。伊奴四看着又惊又喜，他蹑手蹑脚，走到那堆脱落的羽毛跟前，拾掇起来填在灶火里烧了。这时，那姑娘正忙着和面做饭，等她发现伊奴四烧羽毛，已经来不及挽救了，她叹口气惋惜地说："啊，你不该烧我的羽毛。"伊奴四羞涩地低下了头说："姑娘，你像月亮一样美丽，为啥变成鸽子来骗我呢？"

"我不是骗你，只因为我以前不孝顺父母，胡达惩罚我，使我变成了鸽子。你老实、勤劳、善良，我愿给你作媳妇，本来明天是个吉祥的主麻日，我们俩便可成婚，这件事我本想在今晚告诉你，没想到你却偷偷烧了我的羽毛。"

"姑娘呀，你的名字叫什么？家住哪里？"

"我叫赛力麦，家住在三十座大山的那一面。"

"我是个穷人，你是个又高贵又美丽的姑娘，我拿啥作聘礼娶你呀？"

"我不稀罕金银财宝，只愿同你一起劳动一起生活，就算你背上褡裢讨饭，我也要拄着拐棍跟着你。"

两人把话说明了，情投意合十分欢喜。

第二天正是主麻日，他俩成了婚，从此两人操劳家务，生活过得美满幸福。

可幸福的生活还没有过多长时间，赛力麦被一个有钱汉看上了。在一个漆黑的夜里，有钱汉带着一群奴仆来抢赛力麦，伊奴四几番拼死阻拦，终因势单力薄，敌不过如狼似虎的有钱汉，反倒被打得浑身是伤。伊奴四只有强忍着伤痛去请教寺里的老阿訇。老阿訇听了伊奴四的诉说，对有钱汉的暴行非常愤恨，思谋了一阵说："这样吧，我先到有钱汉家去一趟，看看赛力麦，打听一下她还有什么好主意，等我回来后再设法相救。"

老阿訇是当地教民最崇敬的人，他到了有钱汉家，不管愿意不愿意还是被盛情接待了，有钱汉也同意让他去见赛力麦。

惆怅满腹的赛力麦见了老阿訇先是向他道谢，又告诉他："有钱汉家明天请客摆筵席，请你告诉伊奴四，明天叫他来这里，来时，一定穿上九十九种鸟儿羽毛缝制的衣裳。"

老阿訇一回来，就将赛力麦的话告诉了伊奴四，他立即捕捉了九十九种鸟儿，拔下它们的羽毛连夜缝制羽衣。天亮了，五彩缤纷的羽衣终于缝成了。为了营救赛力麦，伊奴四穿上羽衣，壮着胆子，朝有钱汉家走去。

有钱汉家请客摆筵席，亲戚、党家、朋友、

邻居，都来贺喜，场面十分热闹。这时，伊奴四穿着羽衣进来了，像他这样的穷人，在这种场合是不起眼的。突然，赛力麦却盯着伊奴四大笑起来，笑得前俯后仰。有钱汉不明白她笑的原因，以为她爱伊奴四穿的羽衣，不禁嫉妒起来，心想：我给她吃山珍海味她不笑，我给她穿绫罗绸缎她不笑，我给她金银财宝她还是不笑，她却看着这个叫花子般的人穿羽衣笑个不停。为了博得赛力麦的欢心，他和伊奴四兑换了衣裳，有钱汉穿上了羽衣，捋了捋羽毛，放声大笑起来。正在这时，赛力麦忽地收住了笑，目光一变，厉声呼唤有钱汉的仆人："你们快来呀，打死这个穿羽衣的叫花子，他偷了我的东西。"仆人听到这喊声，纷纷围上来，不容有钱汉分辩，乱棒齐下，棍棒雨点般地落在有钱汉的身上，不一会儿，就把有钱汉给打死了。混乱中，赛力麦和伊奴四迅速逃走了，他们去了很远很远的地方，再没有回来。

流传地区：循化县白庄乡科哇地区
讲述人：马阿力，男，60 岁，农民
记　录：马　忠
搜集时间：1988 年 6 月

鹁鸽阿吾

很早很早的光阴里，在一个撒拉族聚居的村庄，有两户贫富悬殊的人家。富户姓韩，在方圆百里是赫赫有名的有钱汉，他家可真是金银满箱、牛羊满圈、骡马成群、粮食满仓、清油满缸。那时的穷人很尊崇有钱的人，所以村民们称这位有钱汉“韩大人”，称他的媳妇“韩太太”。村子里还有一户穷人家，家里只有母子二人，生活来源仅靠儿子耕种租来的两亩山岗地。山岗地土脉薄，遇到风调雨顺的年景，庄稼还有点收成，若遇到天旱的一年或雨水过多的一年，母子二人可就受大罪了。

常言说“白俩[①]来是双来哩”，想不到这时穷人家的老阿妈又得了重病，躺在炕上好几个月动弹不了。因没有钱，请不起医生，吃不上药，只能眼看着老人的病一天重似一天。尕娃是个孝子，急得干搓手，直跺脚，焦急得直转圈圈，心里比刀割还难受。

一天，阿妈对尕娃说：“尕娃，阿妈的病越

---

① 白俩：阿拉伯语，意为灾难、祸患。

来越重了，我只想吃上一个韩大人家的蜜桃。吃了桃子，说不定我的病会好一点。”尕娃听了又喜又愁，喜的是阿妈若能吃上桃子，靠真主的襄助，说不定病情真的能好转；愁的是韩大人家墙高院深，还养着一条凶恶的大狗，摘他家的桃子比登天还难。

阿妈又说：“尕娃，摘韩大人家的桃子，要变个长翅膀会飞的鸟儿才行，只要你有孝心会变成的，你就想办法变一个吧！真是委屈你了。”

人怎么能变成长翅膀的鸟儿呢？阿妈的话使尕娃愁上加愁，难上加难。他心里没底，木楞楞地靠着院墙仰望“阿斯麻尼”[1]发呆，这时，空中传来的一阵悠扬鸽哨声惊醒了他。尕娃看着自由飞翔的鸽子，羡慕、向往。他默默地向真主祈祷：要是我能变成个鹁鸽，就能飞过高墙摘上韩大人家的蜜桃，只要我阿妈的病好起来，我就是当一辈子鹁鸽也心甘情愿。他嘴里不停地呢喃着“鹁鸽，鹁鸽”。也许尕娃的孝心真的感动了真主，奇迹出现了！尕娃不知不觉间变成了一只很大的白鹁鸽。它兴奋地叫着“鹁鸽，鹁鸽”，还飞到炕头安慰阿妈。病中的老人看到唯一的儿子真的变成了一只鸽子，不知是喜还是悲，心里的

① 阿斯麻尼：波斯语，指天空。

酸甜苦辣都翻了上来，她抹了一把眼泪，颤颤抖抖地把一只小篮子套在鸽子的脖子上，鸽子扇动着翅膀径直飞向韩大人家的果园里去了。

鹁鸽阿吾飞到韩大人家的桃树上，看着挂满枝头的蜜桃，心里甜甜的，一想到阿妈的病有救了，简直叫他高兴死了。它要拣大的、俊的、熟透了的摘一个。它在这个枝头上看，那个枝头上的俊，飞到那里一看，另一个枝头上的比这个枝头上的更大、更俊、更熟。它挑花了眼，摘一个丢一个，半天都没摘到一个满意的桃，篮子还空挂在脖子上。就在它挑来拣去的时候，被守园的伙计看见了，看着鹁鸽阿吾的动作很稀奇，赶忙跑回去告诉韩太太说："韩太太，韩太太，银冰的鹁鸽摘桃子，摘桃子。"韩太太身体很胖，懒得管事，不耐烦地说："芝麻大点事也要我管，你去告诉韩大人。"伙计转身又去告诉韩大人："韩大人，韩大人，银冰的鹁鸽摘桃子，摘桃子。"韩大人听到伙计说一个鹁鸽摘桃子，半信半疑，他想：真新鲜！世上还有这种怪事，我活老了还没听说过，这得亲自去看看，究竟是真是假！他起身时顺便拿了个弹弓。到果园一看果然是真的，一只很大的鹁鸽在树上挑挑拣拣地摘桃子。韩大人透过树叶的缝隙看了好一会儿，就在鹁鸽阿吾最终选中一个满意的大蜜桃装在小篮里准备起飞回家时，韩大人拿起弹弓，瞄准鹁鸽打出一颗石子，鹁鸽从树上跌下来，小篮子挂在树枝上了，桃子也滚下来摔破了。韩大人急忙上前抓住带了伤的鹁鸽，看了看，石子没有击中要害，伤势不太重，好好操心几天会好起来的，就把鹁鸽装在鸟笼里精心喂养着。

鹁鸽的伤好了，羽毛光泽，越来越俊了。转眼一个多月了，在这些日子里，鹁鸽总是一天到晚不停地以焦急、哀婉的腔调鸣叫“鹁鸽，鹁鸽”，泣血流泪。

一天，韩大人准备去远处的深山林棵里打猎，来回得好几天，临走时，他当着韩太太的面给一个伙计说：“我带人去打猎，你们可要好好照看鹁鸽，不能有一丝马虎，若是出了什么差错，我要剥你们的皮，抽你们的筋，决不饶恕！”

说也奇怪，韩大人走后的第二天，鹁鸽一改往常“鹁鸽，鹁鸽”的啼叫声，开始说起话来。当韩太太去给它喂食时，鹁鸽突然向韩太太恳求说：“韩太太，韩太太，我叫鹁鸽阿吾，我的阿妈害重病躺在炕上起不来。我家穷得很，请不了先生抓不起药，阿妈让我变成鹁鸽来摘你家的蜜桃，说是吃了桃子病就会好。韩太太，韩太太，你惜个孽障，行个好，给我一个桃子，让我带回去喂给阿妈就飞回来吧，决不耽误。”起初，韩太太有些顾虑，怕鹁鸽一去不复返，说啥也不答应。鹁鸽救母心切，泣血流泪，一遍一遍地说，一次又一次地恳求，最后韩太太被鹁鸽阿吾的一片孝心打动了，答应了它的请求。韩太太摘了一个又俊又大又熟的蜜桃，打开鸟笼放出鹁鸽，把桃子给它。嘱咐说："你把桃子喂给阿妈就回来，不然韩大人回来了我不好交待。"

鹁鸽阿吾带着桃子飞到韩大人的高墙上，大声说："好心的韩太太，多谢你放了我，多谢你给的桃子。阿妈只有我一个儿子，除了我再没人养活她，她在家里等着我，我现在飞回去再不来了，只是使你为难了，请你原谅。"说完，一扇翅膀就飞走了。

鹁鸽飞到家里，"阿吾，阿吾"地叫了两声，恢复了本来的面目。尕娃急忙进房给阿妈送桃，可是炕上没有阿妈，转身跑到阿舅家问，阿舅说："你阿妈指望着吃你的蜜桃，等了好几天，不见你回来，阿妈还以为你遇到了什么祸事，病上加了个惆怅，没过几天，就无常了。你阿妈的埋体①由我们操心送掉了。"尕娃听了阿舅的一番话心都碎了，悲痛地问阿舅："我阿妈的麦扎在哪里，领我去看看。"

① 埋体：经堂语，指尸体。

鹁鸽阿吾带着蜜桃，阿舅陪他来到了麦扎前，他跪下念了一段苏热[①]就痛哭起来：

养育我的阿妈哟，
我命苦着没有报答上你的恩情。
我苦命的阿妈哟，
家穷着你没吃上一顿好饭，没穿上一件好衣裳。
疼我亲我的阿妈哟，
家里没钱着，没请个先生着看你的病。
今天我摘来了治病的大蜜桃，
没想到你已无常埋在了地下。
我苦命的阿妈哟，
儿在敦亚[②]上没取得你的欢心，
儿只盼你在后世里得个脱离[③]。

鹁鸽阿吾哭啊哭，不知哭了多长时间，忽然间，阿妈的麦扎裂开了一道缝，隐隐约约见阿妈走了出来，接过鹁鸽阿吾手里的大蜜桃，点了点头，又转身回到麦扎里去了。

阿舅伴着掉了魂似的鹁鸽阿吾回来了。时间

---

① 苏热：阿拉伯语，指《古兰经》里的一章。
② 敦亚：阿拉伯语，指世界。
③ 脱离：经堂语，亡人在后世里得个好的意思。

不长，阿舅帮他娶了个媳妇，小两口相亲相爱，日子过得不错。不知是鹁鸽曾经救过穆罕默德圣人的原因，还是为治母病自己变成过鹁鸽的缘故，他深深地爱上了鹁鸽，家里养了好多好多。什么家鹁鸽、野鹁鸽、天鹁鸽、洋鹁鸽，样样都有；什么两头乌、葡萄花、凰头白、瓦斑，品种齐全。他的鹁鸽越养越多，越养越爱。来他家看鹁鸽的、玩鹁鸽的、买鹁鸽的人也很多，热闹得很。

撒拉族奉鹁鸽为贵重的吉祥鸟，不能乱宰乱吃。祖辈有遗教，宰鹁鸽要用金刀子宰，银盘子端。撒拉族的阿訇、阿爷们对宰鹁鸽很忌讳，都不愿意宰。鹁鸽阿吾养了那么多的鹁鸽，他也一年只宰一次，那是在母亲的忌日上，请满拉念经时用的。

鹁鸽阿吾养鹁鸽的名声传开了，鹁鸽阿吾的名字也就这样留了下来。

流传地区：循化县白庄乡
讲述人：韩秀梅，女，14 岁，小学五年级学生
记　录：韩福德，韩德荣
搜集时间：1989 年 4 月 18 日

动物故事

狼与山羊兄弟

很早很早的时候，有一只山羊、一头驴和一只绵羊。它们三个结拜成了弟兄，成了一家子。山羊做管家，一切事由它说了算，驴和绵羊都听它的。

有一天，山羊在堂屋里算账，驴去驮水，留下绵羊在灶房里烧火。绵羊性子本来就慢，再加上山里拾来的柴火又有些湿，三弄四弄的，把火给弄灭了，这下可把它急坏了。思谋来思谋去，想着这事要是让山羊知道了，非得挨骂不可，于是它偷偷地跑了出去，到别的洞里讨火。

绵羊撒开蹄子跑了一阵，看到一个山洞，见洞里有狼的脚印。它想，洞里面可能有狼大哥，它家一定有火！于是就站在洞口往里喊道："狼大哥，狼大哥！你家里有火没有？给我讨一点吧，我们家的火灭了。"狼在洞里听见绵羊在外面喊叫，不由地高兴起来。心想：世上竟有这样的好事！坐在洞里，鲜肉送到嘴边。它急忙出来，见到绵羊，点头哈腰，舔了舔嘴唇说："啊呀呀，小弟弟，看你冻成啥样子了，快进来吧，我的火正旺着哩，先烤烤再走。"绵羊说："大哥，我再不进去了，要是我的山羊管家知道我把火弄灭了，它要气坏的。”狼说：“哎，没有的事！爬锅抹灶的谁不会有这些差错呢？还是进去烤烤再走吧！”说着硬拉死拽地把绵羊骗进洞里。进到洞里，狼和绵羊坐到火边烤火拉家常。狼问绵羊：“山羊是你家干什么的？它比你厉害些吗？”绵羊说：“我家三个弟兄中，山羊是管家，我和驴干什么都得听它的。”狼听了后，暗自想：嗯，最不好对付的还是山羊，驴可能也跟绵羊一样容易上当。这会儿狼从绵羊嘴里把该套的话全套到了，想着留着它也没有用了。这时绵羊说：“狼大哥我该走了。”又向狼要火，狼假装要给它取火的样子，乘机一口咬住绵羊的脖子，把绵羊吃掉了。

驴驮回水，不见绵羊，忙去问山羊，山羊也不知道它到哪里去了，于是两个疑心起来。

狼吃完绵羊嘴一张，舌头一伸，舒舒服服地躺在火堆边，又听见驴在洞口喊：“狼大哥，狼大哥，我家绵羊到你家来了没有？”原来驴出门顺着绵羊的脚印，找到了狼洞口。狼赶紧一抹嘴巴迎了出来，对驴说：“哎呀呀！是驴大哥呀，快到里面走，绵羊小弟正在我家烤火哩！”狼把驴也骗进了洞里。驴走进洞里一看绵羊不在，心里一惊，想到自己上了当，想转身就跑，可是，已经来不及了。

山羊东找西找，不但不见绵羊，还把驴也丢了，急得它满山满洼地乱转，一边找一边叫唤。

狼在洞里听见山羊在叫喊，心想今天有口福呀！看山羊又来了，就在洞里学着驴的声音答应了起来，它一边答应，一边想着怎样对付山羊的计谋。

山羊从远处听见驴在答应，一直找到了狼洞口，听见洞里像是驴在叫它进去，山羊也就大模大样壮着胆子进去了。到了里面不见驴，却发现恶狼在答应。山羊气坏了，大骂狼："太欺负人了！"狼见山羊两把刀子般的长角和它那又大又圆的脖子，战战兢兢地问："老大哥，你先别生气，我看见你家的绵羊和驴到哪儿去了，我慢慢给你说。我先问问你，你头上长的那是什么东西？是做啥用的？"

山羊一听狼的话里有音，就说是刺坏人的刀子。狼听了，心里虚了半截，又问："你那么大的脖子是做啥用的？"山羊说："那是打坏人时用来装石头的袋子。"

狼一听，觉得山羊的确不好惹，吓得转身就想跑。山羊猜出了恶狼的心思，也想到了绵羊和驴的下场。气愤地把头往前一顶，两只长角戳通了狼的肚子，狼惨叫一声死在了地上。

山羊终于给驴和绵羊报了仇，戳死了狠毒的

恶狼。据说，到现在，狼见了长角的山羊还是躲着三分哩。

流传地区：循化县白庄乡一带

讲述人：马木汉麦，男，29 岁，撒拉族

记　录：马秀兰

搜集时间：1980 年 2 月

喝水望天

有一天，家鸡和野鸡商量好，到一个很远很远的地方去看鸭子朋友。它们走啊走的，翻过了好几座大山，又飞过了好几条沟沟。这时候，它们又饿又渴又疲乏，连半步路也走不动了，于是在一个山坡上停下来。家鸡大口大口地喘着粗气说：“哎呀！我渴得受不住了，这里没有水，怎么办呢？”野鸡说：“我们总不能等死啊，咱们就在这儿想办法找点水喝吧！”家鸡散开翅膀，伸了个懒腰说：“野鸡妹妹，要是能找着水的话，我可一辈子忘不了你的恩情，你看，我这会儿累得动也动不了。我先在这里休息一会儿，你赶快去找水吧！”说完就躺下来呼呼地睡着了。

野鸡只好忍受着饥饿和口渴，来到坡下的沟里找水。它看见这儿的地上湿湿的，高兴地跑回到家鸡的身边，用力摇醒它说：“家鸡姐姐，家鸡姐姐，快起来！那条沟里好像有水，咱俩快去挖吧！”可是，家鸡睡得正香，不耐烦地说：“别拉我，别拉我，累死我了！你先去挖，等有了水再来叫我。”说罢又呼噜呼噜地睡过去了。

野鸡听了心想：既然你懒得不动弹，只好我

自己去挖了。于是，它鼓起浑身的劲，不停地挖了起来。它用嘴巴一点一点地挖，用爪子一点一点地刨，渴得嗓子都快要冒烟了，但是它一点也没泄气。挖呀，刨呀，终于挖成了一个坑，坑底里渗出了一股像头发丝一样细的水，野鸡高兴极了。

家鸡一觉醒来，料想野鸡可能找到了水，于是悄悄地跑过去。当它看见有水时，一下子扑到水边上，头也不抬地喝了起来。野鸡看到家鸡不干活，反倒先来享受，很是不平衡，心想要好好教训教训这个懒汉，就故意吓唬说："过雨来了！过雨来了！"这时，正在一心喝水的家鸡，一听这话，吓了一大跳！慌忙抬起头来，往天上看，可天上连一朵云彩也没有，又连忙去喝水，可它又怕真来了过雨打着它，于是，刚喝了一口水，就得抬头往天上看一下。就这样，家鸡一面坐享其成地喝水，一面心虚地望天。

从此，家鸡就养成了喝一口水，望一次天的习惯。

流传地区：循化县白庄乡下科哇
讲述人：马明禄，男，53 岁，撒拉族
记　录：马秀兰

狐狸、猴子与兔子的故事

说的是很久以前，狐狸、猴子和兔子三个结成伙伴，在平滩上玩耍。正玩得高兴时，狐狸忽然问道："敦亚上吃什么肉最香？"猴子和兔子很早就想出出狐狸的洋相，但一直苦于没有机会，于是猴子眼珠一转说："敦亚上马的后腿肉最香！"狐狸一听赶紧问："这马腿肉怎么才能吃到呢？"猴子说："这个好办，只要马吃饱了，睡觉休息的时候，把你的尾巴和马的尾巴绑在一起，然后你吃就行了，这样马跑时你也能贴在它身上慢慢地吃。"兔子一听猴子的话，心里也明白了。狐狸听了后，觉得这个办法好，准备第二天就去吃马腿肉。

第二天，三个伙伴来到一个草滩上，刚好有一匹马吃饱后卧在那里。

狐狸一看有机可乘，便悄悄地走过去，把自己的尾巴绑在了马尾巴上，准备吃马腿肉了。这时，猴子和兔子早已爬到高处去看狐狸的洋相。只见狐狸张开嘴，狠狠地向马腿上咬去，马一下子痛得狂奔起来。狐狸被拖在马尾巴底下，拖得死去活来。猴子和兔子高兴极了，于是想爬到一棵树上高高地看个够。忙乱中，猴子的屁股叫树给擦红了，兔子因笑得合不拢嘴，本来嘴就小，这么一笑，嘴也给笑破了，血染红了嘴，还裂了个口子，狐狸则被马拖得满身是灰土。

从此，猴子变成了个红屁股，兔子变成了个豁豁嘴，狐狸的皮毛变成了灰色。

流传地区：循化县白庄乡一带

讲述人：乙四夫，男，15 岁，撒拉族

记　录：马秀兰

搜集时间：1987 年 6 月

寻找良心

有一只狼掉进陷阱里去了，正好一只兔子经过这里，狼见了兔子就像见了救星，它哀求兔子说：“兔子大哥，快救救我吧，我都快饿死了，你的爪子很厉害，请把陷阱边的土挖平吧！”兔子很可怜狼的处境，就照狼的办法挖呀挖，一直将陷阱边刨平，狼一下就跳了出来。出来以后，狼感觉到肚子饿得受不了，就向兔子说：“我的肚子实在饿极了，救人救到底，就让我吃了你吧。”兔子一听可慌了，急忙说：“你真没有良心，我救你出来，怎么反而要吃我呢？”狼说：“世界上根本就没有良心，而且想找也找不着。”兔子急中生智，顺口就说：“良心是有的，不信我俩去找，准能找到。”

狼依了兔子，和它一块儿去找良心，它们走啊走，不知翻过了多少山，蹚过了多少水，一直走到一块荒滩上，见了一头瘦得站都站不起来的牛，它们上前去问：“牛大哥，你独自在这儿干什么呢？世界上究竟有没有良心呢？”老牛有气无力地说：“世界上根本就没有良心，你看我，原来我健壮的时候，人们拿我犁地，挤我的乳汁，让我繁殖小牛犊，他们很喜欢我，晚上让我住在温暖的棚里。现在我老了，不顶事了，他们却把我扔在这个荒滩上不管了，你们看，哪里有什么良心呢？”狼一听老牛的话，可来劲了，它说：“瞧，我说没良心，你还不相信，这下好了，你该相信了吧！”兔子都快吓傻了，它不知所措，愣了半天，说不出一句话来。这时，狼又说：“要是你还不相信的话，我还可以陪你去寻找。”狼和兔子又出发了，走到一个地方，见有一匹老驴躺在地上挣扎，它们问那老驴：“你怎么了，你在这儿干什么？”老驴痛苦而哀怨地说：“我辛辛苦苦、任劳任怨一辈子，到头来落了个这么的下场，哎，世界上真没有良心。”狼一听这话，更来劲了：“瞧，我说得不错吧，这下该相信了吧。”兔子呢？这个聪明的小兔子可真是个机灵鬼，它抱着最后一点希望对狼说：“狼大哥，人是最聪明的，咱们去问问人怎么样？”

狼又依了它：“好吧，这可是最后一次了啊！”它们走啊走，走到一条路上，正好碰见一个老人，它们就问那老人：“老人家，这世界上究竟有没有良心呢？”老人一听这话，觉得不对劲，它详细地观察了饿得发慌的狼和急得要疯的兔子，觉得这里面必有文章。于是，他说：“你们为什么问起这个问题呢？你们能否把事情的原委告诉我呢？”狼很爽快地说：“完全可以。”

于是，它们把事情的前因后果都说了出来，老人一听，便说：“良心怎么能没有呢？咱们到那陷阱边去，我会告诉你们的。”他们走啊走，到了陷阱边，老人说：“你们是怎么做的，做给我看看，我来告诉你们。”等狼跳进陷阱里，老人立即用土将刨平的陷阱边重新填补起来，把狼困在里面，对它说：“好，你就这么等着，良心会找你来的。”

流传地区：循化县清水乡大寺古村

讲述人：韩撒拉，男，65 岁，农民

记　录：马成俊

搜集时间：1989 月 7 月

燕子、野鸡和狐狸

一天，燕子、野鸡和狐狸相遇，它们三个聚在一起扯开了闲话，各夸各的本事。

狐狸对燕子和野鸡说："我的本事大得很，不论遇到什么难心事，都能想出对付的办法来，你们相信不？"燕子说："你吹牛皮，谁知道你想出些啥办法？现在你先试试，让我们两个开开眼界。"狐狸说："还是你们两个先说吧，我在最后显个本事给你们看。"

这时，野鸡抢着说道："人们来抓我时，我把头藏到草窝里，撅起屁股，放起屁来就像大炮响，谁都不敢靠近我，你有这个本事吗？"

听野鸡说本事，燕子也吹开了："我的本事比你更强，我经常在水面上捉虫子吃，当老鹰在空中盘旋着想捕捉我时，水面上就能看见它扑下来的影子，我'突'地一下钻进水里，一眨眼的工夫就出现在一丈多远的地方。老鹰还在我原来的地方搜寻哩。"狐狸打岔说："当你钻到水里的时候，要是一个猛浪冲过来把你打翻，你怎么办？"燕子说："我的两只爪子并在一起凫水，不会淹死的。狐狸，现在轮到你显本事了。"

狐狸一抬头，看见一只乌鸦飞过来，口中衔着一块肉，落在一棵树上。狐狸望着乌鸦口中的肉，流着涎水，便对燕子和野鸡说：“你们两个看着，我能把乌鸦衔着的肉捞到口。”

狐狸抬头对乌鸦说：“乌鸦哥哥，乌鸦哥哥，你的羽毛黑里透明，你的身子真美丽；你的一双大眼睛真明亮，世上再没有比你俊的鸟儿了，你唱的歌‘呱呱’叫，真好听，世上再没有你这般的好嗓音，你唱支歌给我们听听。”乌鸦闭嘴不说话只是含糊地哼哼了一声。狐狸又说：“乌鸦哥哥，乌鸦哥哥，你是多么地漂亮，你的‘呱呱’声是多么动听，你快唱唱，给我们听听。”狐狸的甜言蜜语终于把乌鸦吹捧得忘了形，连口里抬的肉也不顾了。它要唱了，刚张口，“呱”的一声，肉掉了下来。狐狸急忙上前把肉接住，一口就吞了下去。它转过身用舌头舔着嘴唇，对燕子和野鸡说：“你们看看，我的本事大不大，乌鸦费了那么大的劲叼来的肉，自己没吃上，却叫我用计策骗到了口。”正在狐狸夸口的时候，一个人气喘喘地追来了，原来乌鸦衔来的那块肉是偷这个人的。肉的主人一见肉被狐狸吃了，火气大得很，上前就打。狐狸、野鸡和燕子赶紧一起逃跑，肉的主人紧追不舍。

狐狸跑，燕子和野鸡飞，到了一个崖边，走

投无路了，就钻进一个洞里。狐狸说："燕子、野鸡，你们别怕，安心睡觉，我有办法避过这场灾祸，到时候再说。"这时候外面传来了挖土的声音，它们三个明白，这是肉的主人追来了，他在挖洞，要把它们掏出来惩罚。燕子和野鸡很着急，问狐狸："怎么办？快把你的好办法使出来让我们逃命吧！"狐狸说："没事，到时候我自有办法，他挖不到洞里来的。"狐狸迟迟想不出办法，这引起了燕子和野鸡的怀疑。燕子觉得狐狸靠不住，要逃命还得自己想办法。

挖土的声音离洞底越来越近，燕子悄悄地对野鸡说："我有一个办法可以逃命，我们躺在地上装死，哄哄他。"野鸡点了点头就和燕子躺在地上装死不动弹了。

肉的主人挖着挖着，快挖到洞底时，看见一只"死"燕子和一只"死"野鸡，他拾起来就扔向了洞外，燕子和野鸡就这样飞走了。这时候狐狸还是不着急，闭着眼躺在洞里想：我聪明，办法多，等肉的主人挖到跟前再想法子脱身也不迟。很快，肉的主人就挖到它跟前了，狐狸急了，想逃跑，可已经来不及了，肉主人一镢头把狐狸给打死了。

流传地区：循化县白庄乡科哇地区

讲述人：马明录，男，60 岁，撒拉族，农民
记　录：张志平，马伟义，韩进良，瓦丽萍，
曹永芳
搜集时间：1989 年 6 月

生活故事

尕拉阿吾[①]

很久很久以前，有一家母子俩，儿子名叫尕拉阿吾。尕拉阿吾一出世，就像门前的树一样，长得一天一个样。他长得很聪明，眼睛有神色，性格也活泼，三岁时不仅能帮助阿妈干些零活，还一边苦学好多高强的武艺，无论摔跤、耍刀、骑马、射箭，样样熟练，庄子里的人没有一个不说他本事大的。

一天，尕拉阿吾和庄子里的年轻人在麦场里摔跤，他把年轻人一个个都摔倒在地，没有一个人能赢他。这时候，有几个很不服气的人在一旁，悄悄地议论开了："哎西，尕拉叶提目[②]家里那么穷，堂堂的一个儿子娃，一天只知道学武艺，空有了一身好本事，也不知道给阿大报仇的。"还有几个大声嘲笑着说："谁说不是，若我是他，羞得连一天也活不下去，更不好意思见人！"在以往的日子里，尕拉阿吾也听到过几次这样的话，没有在意，但他每次回到家里问过阿妈，阿妈也总是支支吾吾不肯说，问得次数多

---

① 尕拉阿吾：撒拉语，即脸色黑的孩子。
② 叶提目：即没有父母的孩子。

了，阿妈就编个谎，说是阿大出外做买卖无常[1]在空场草地里了。尕拉阿吾一听也就过了，认为阿妈说的是实话。可是，今天又听见这些议论，心里很不是个滋味。他从场院里气呼呼地回到家，心想向阿妈问个明白。

尕拉阿吾一进家门，抬头就问："阿妈呀，我已经不是怀里吃奶的尕娃娃，你再不要瞒我了，我的阿大到底是怎么无常的？求求你呀！好阿妈，说个实话吧。别人嘲笑，我实在忍受不了。"

阿妈最害怕儿子提这件事情。这时候，阿妈心里发慌，身子一冷一热，脸色一会儿黄一会儿紫，手里不知该做些什么才好。

尕拉阿吾急得搓手跺脚地说："唉！我的好阿妈，你咋了？究竟是阿么一回事，就直说出来，这个怕啥哩？"

这个时候，阿妈像是一个木头人，尕娃怎么问也吐不出一句话，无神的眼睛呆呆地盯着儿子，豆子般的泪水从眼眶里直滚下来。

尕拉阿吾没办法，他看出阿妈一定有什么事瞒着自己。怎么办呢？他坐在房檐下，思谋了半天，想出了一个绝招，但还是决定先忍着，等个机会。

---

① 无常：即去世的意思。

一天早上，尕拉阿吾趁阿妈出去背水的时候，赶紧闩上门炒起豆子来。一会儿阿妈回来了：“阿吾，开门，阿妈回来了。”

这时尕拉阿吾撒娇地说：“阿妈，你把手从门缝里塞过来，我给你一个东西。”

阿妈说：“哎西尕麻姑[1]，我背的水桶，你还这么淘气，不怕别人笑话吗？快快开门！”

尕拉阿吾说：“你不把手塞过来，我就不开门。”阿妈不知道尕娃要给他什么好东西看，就从门缝里伸进来一只手。

尕拉阿吾狠下心，赶紧往阿妈伸进的手里倒了一把炒得热辣辣的豆子，又紧紧地捏住阿妈的手说“阿妈，今天你讲实话，我的阿大倒底是怎么无常的？”

阿妈手被烫得吃不住了，连声说道：“啊嘟嘟！烫死我了，快松手，你开门，我一定说。”

“哎！阿吾，原来你的阿大在我们庄子里很有威望，秉性敦厚，忠诚老实，处处为人办好事，能主持公道，打抱不平，因此乡亲们很爱戴他。大家有什么难心事，都和他商量，不论婚丧嫁娶、尔德佳节[2]，乡亲们总会请他吃饭。总之，他是撒拉地方里老小喜欢的人，可惜我们家境很

---

① 尕麻姑：撒拉语，傻呆的意思。

② 尔德节：伊斯兰教的节日，即开斋节。

穷。有一年，家乡遭大旱，村里的人们无法生活，乡亲们只好领上婆娘娃娃四处去逃荒。你阿大骨头硬，没有去外面，就到五十三阿舅家里借了三十两银子，我们才勉强维持着生活。后来因这三十两银子未能及时还，阿大和五十三阿舅发生了一次争吵。从此以后，五十三阿舅总是怀恨在心，处处为难。这还算不了什么，有一天，村里的穷人们给五十三阿舅运完羊毛回来，去领工钱，却被五十三阿舅的管家堵在门外，说：‘这回扳筏子有人耍奸，少装了一捆羊毛，要从大家的工钱里扣掉一半。’大家一听，因为没有坏过这个良心，于是一齐上前吵闹开了。正在争执不休的时候，你阿大他指着管家的鼻子说道：‘我说管家呀，你怎么马没有跳，鞍子先跳开了？明明你自己多装了一捆，乡亲们不但没给你涨工钱，反而你还要扣大家的辛苦卖命钱！这是哪里来的王法呀？这样做能对得起胡达圣人吗？你做这样没有良心的事，胡达会罪显你的呀！’管家知道这个老筏子客不好惹，于是咬咬牙给大家如数付了工钱。事后管家在五十三阿舅面前添油加醋地告了你阿大的状。五十三阿舅是给皇上带兵的官，为人险恶，心黑手毒，庄子上的乡亲们都恨透了他。那一天，五十三阿舅听说你阿大为乡亲们争取工钱的事以后，对管家气愤地说：‘这叫花子，你跟我过不去，今天塞进来个指头，明天还要打进个拳头，后天伸进来个胳膊，难道我这个皇上的官当不成？！于是，一天的半夜三更，五十三阿舅的几个爪牙突然翻墙进来，你阿大还在沉睡中，就被爪牙们绑的绑、压的压、打的打，连打带绑，捆成了一疙瘩。你阿大被打昏后，装进口袋里给抬走了，后来到了五十三阿舅的家，他抽出钢刀割下头，身子撂到黄河里了。”

阿妈还对尕拉阿吾说：“阿吾，这是胡达的定然，你要忍耐呀。”

尕拉阿吾听了阿妈的这段话以后，“哇”的一声气昏了过去。半天，他才慢慢醒过来，流着泪水，手扶着肚皮，牙齿咬得咯吱咯吱地响。阿妈看到这个情形，心里更痛了，紧紧地搂住儿子，泣不成声地说：“阿吾呀，你有什么话给阿妈说，闷在心里伤坏了身子我靠谁呀？”尕拉阿吾猛地站起来，对着阿妈问：“阿妈，我阿大的大马在哪里？”阿妈说：“五十三阿舅抢走了，因为他们不会驯马，你阿大的马嘴里能喷火、鼻子里会冒烟，因此被圈在石头庄廓里。”尕拉阿吾又问：“我们的马怎么样做它才乖乖地听话哩？”阿妈说：“你从远处叫一声‘嘟尔吆吆’，它就会跑到你跟前。你想用马鞍子的话，就放在梁架上。”尕拉阿吾接着又问：“我阿大的刀枪放在哪里？”

阿妈拉起尕拉阿吾的手走进房子里，一件一件地指着说："长矛在门背后立着哩，钢刀在墙上挂着呢，腰刀在毡下面压着哩。"

尕拉阿吾拿起阿大的长矛，挎上阿大的钢刀，一鼓气跑到石头庄廓里，叫了一声"嘟尔吆吆"，枣骝马猛地提腿扑过来，这时尕拉阿吾用手掌打了一下马的头说道："哎！你不认识个家的主人吗？"枣骝马一听，耳朵一立，稳稳地站在尕拉阿吾的旁边，尕拉阿吾这才牵上马，套好鞍子，说了声："走！我们找五十三阿舅算帐去！"就在将要出门时，阿妈一把拽住他的袖子，苦苦哀求说："我的好阿吾，再跳腾，也撞不倒圈墙，五十三阿舅又是皇上的官宦，有权有势，六亲不认，你能把他做个啥哩？我以前一直没有给你说，就是怕你知道了惹是非呀！"尕拉阿吾说："阿妈，人活脸，树活皮。阿大的仇不报，人们耻笑我，我的脸往哪里放？我可怜的阿大死得不明不白，他能闭上眼睛吗？再说，五十三阿舅是个天良坏尽的恶狼，今天我要学阿大的样子，为民除害！"说罢尕拉阿吾就出了大门，骑上枣骝马飞驰而去，直奔五十三阿舅的家门前，看见又红又大的门紧紧地关着，尕拉阿吾就放开嗓子唱道：

"阿舅儿听呀，阿舅你听，

阿舅带外甥俩打猎走，
麝香跑来鹿羔儿俊，
野鸡和兔娃数不清。”

这时，五十三阿舅正在上房里喝盖碗茶，一听见喊叫声，不由得心惊，便叫二奶奶出去看看。二奶奶刚出去不一会儿，好像着了鬼一样地惊叫着跑回来，上气不接下气地说：“不好了，门外面有一匹墙一般高的枣骝马，嘴里喷着火，鼻子里冒着烟，背上骑着个尕娃，胡达！太吓人了。”五十三阿舅气狠狠地站起来，骂道：“混蛋！一个尕娃娃你怕什么？”于是又叫大奶奶再出去看一下，大奶奶出去不一会，也是手捂着两腮，像丢了魂似地跑进来：“哎西！胡达呀，吓死我了，我看的和二奶奶说的一模一样，那尕娃还说要和你一起去打猎哩。”五十三阿舅简直气疯了：“滚！”顺手给了大奶奶一个耳光。

尕拉阿吾等了好久五十三阿舅都不露面，又放声唱道：

“阿舅儿听呀，阿舅你听，
阿舅带外甥俩打猎走，
打一个真香时五十两，
打一个草香时三十两。”

正在这时，五十三阿舅恰好走到大门口，他一看眼前的情景，倒吸了一口冷气。不错，这马不就是妹夫的枣骝马吗？这尕娃一定是他的儿子尕拉阿吾了。他思谋着：一个尕娃带枪挎刀地找上门来，猛地叫我上山打猎，说不定是为他阿大的事情而来。他后悔当年一时疏忽，没有连根斩除，留下这个“祸根”，招来麻烦。他贼眼一转，计上心来，装出一副和善的面孔放声唱道：

“尕拉阿吾听来呀，外甥儿听，
有话也要进家门，
喝一碗清茶解解渴，
吃一口馍馍提提神，
先跟阿舅认认亲，
明天打猎也不迟。”

唱完，他又甜言蜜语地说：“尕拉阿吾，你是我的亲外甥，我给你说句心里话，跟狼吃肉哩，跟狗吃屎哩，只要你愿意跟阿舅，有你做的官，有你花的钱，有你享的福，怎么样？”尕拉阿吾控制不住满腔怒火，冷笑了一声唱道：

“阿舅儿听来者，阿舅你听，
今天我来是要命哩，

你的三十两银子（哈）拿来了，
我的阿大的命（哈）给，命（哈）给。”

对着尕拉阿吾这个情形，五十三阿舅气得半天搭不上一句话。为了稳住外甥，又不好发火，便假惺惺地答应明天“班达”时候上山打猎。

尕拉阿吾约五十三阿舅打猎的消息像一股风，很快传遍了整个村庄，人们心里明白真相，暗暗为尕拉阿吾捏着一把汗。第二天天刚亮，河滩两岸、树枝上、房顶上、墙头上，都爬满了人，年轻人手拿着兵器夹杂在人群里，准备在尕拉阿吾万一失利时，冲出去帮忙，老年人们则默默地祈祷胡达襄助。

尕拉阿吾身穿白汗褡青夹夹，头戴圆号帽，腰系红绸带，脚蹬黑靴子，手提长矛，腰挎钢刀，好不英武。高大的枣骝马腾蹄长嘶，活像是一条龙。尕拉阿吾望见山顶上、山腰里、山脚下有人影晃动，就问道：

“阿舅儿说来者，阿舅你说，
山顶上站的是什么人呀？
山腰里坐的是什么人呀？
山脚下走的是什么人呀？”

五十三阿舅在一旁很不在意地回答道：

“尕拉阿吾你听来者，外甥你听，
山顶上站的是打猎的人，
山腰里坐的是打柴的人，
山脚下走的是过路的人。”

尕拉阿吾越看越不像是打猎、打柴和过路的人，就问五十三阿舅：

“阿舅儿听来者，阿舅听，
山顶上不像是打猎的人，
山腰里不像是打柴的人，
山脚下不像是过路的人。”

这时，五十三阿舅高举刀矛，耀武扬威地指着尕拉阿吾说：

“尕拉阿吾听来者，外甥你听，
山顶里站的是围你的人，
山腰里坐的是抓你的人，
山脚下走的是捆你的人。”

尕拉阿吾原想引五十三阿舅这个恶狼出洞，

替父报仇，谁想他竟把三千兵马连夜埋伏在山上。看到这个情形，尕拉阿吾起誓："阿大呀，当年你为大伙儿遭了大难，今天我要亲自为你报仇，为民除害，我的一切托靠了真主，就是死了，也恳求真主成个得脱离[1]的人。"突然间，枣骝马开口说话了："尕拉阿吾呀，你要放宽心，你像钉子一样钉在我的背上，上面来的我用嘴咬，前面来的我用脚踏，后面来的我用蹄子踢。"长矛接着说："尕拉阿吾，你要牢牢地抓住我，要高高举起，前面的由我杀！"大刀接着说："旁边来的由我砍！"腰刀也说："我来给你护身体，你自己只管往前冲杀去，万一出事有我哩。"话音还未落下，突然尕拉阿吾发出一声雷鸣般的吼叫，像闪电一样，举起刀枪，驭马冲上山坡。一时间喊杀声、马蹄声冲破天空，尕拉阿吾的刀枪，砍者倒，点者亡；枣骝马喷火吐烟，嘴来咬，蹄子踢，前面的敌人像刀割的麦捆一样都倒了下去。从山腰杀到山顶，从山顶杀到河滩，只一会儿工夫，五十三阿舅的三千兵马死的死，伤的伤，逃的逃。尕拉阿吾一直杀到河滩边，勒马一望，嗯？五十三阿舅这个老狼跑哪儿去了？他猛一转身，直向庄子里追去。

原来，五十三阿舅以为战胜尕拉阿吾是绝对

① 脱离：去世后能得到真主的宽容。

有把握的，可万没想到，听见了尕拉阿吾惊天动地、雷一般的喊杀声后，早吓得屁尿失禁，魂飞魄散了，家丁们紧搀慢扶，爬上马溜走了。刚刚走到家门口，尕拉阿吾就追来了，吓得他脸色惨白，浑身像瘫痪了似的，直哆嗦，只求外甥饶命。

尕拉阿吾长长地吸了一口气，从怀里掏出三十两银子，撂在五十三阿舅前面，只问了一句："我阿大的头在哪？"刹时，只见钢刀一晃，五十三阿舅的头落在地上。尕拉阿吾终于为父亲报了仇。

尕拉阿吾下了马，把阿大的头包在绸子里，把五十三阿舅的头包在粗布里，拿回家来，放在阿妈的前面，要叫她认认。阿妈赶紧解开用绸子包的那个，很随便地说："这是你苦命阿大的头。"解开粗布包的那个以后，她流着泪水说："哎西！这是你五十三阿舅的头。"尕拉阿吾看到阿妈的此种情形，想抽出钢刀，可是一下子又松了手，说道："阿妈，你生了我，我吃了你的奶长大，你辛辛苦苦把我拉扯成人，以后你要多干好事，祈祷胡达，告饶悔罪。"

流传地区：循化县孟达乡木场村

讲述人：马阿卜都，63 岁，农民

记　录：韩占祥

阿姑尕拉姬

很早以前，有一个阿爷，家里日子过得很舒坦，他有一个特别漂亮的孙女，名字叫阿姑尕拉姬。阿姑尕拉姬到了出嫁的年龄时，上门说媒的人络绎不绝，可她总是不愿意。

有一天，阿爷骑上尕驴，给阿姑尕拉姬找女婿去了。他走了一段路，碰上了一个秃头的年轻人，年轻人过去问阿爷："阿爷，你骑上尕驴到哪里去哩？"阿爷说："我给孙女找女婿去哩。"年轻人接过话茬说："阿爷，你看看，我给你的孙女做女婿吧？"阿爷说："你是个秃头，哪里配得上我的孙女？"阿爷把话说完就转身继续赶路了。

走啊走，阿爷又走了一阵，又碰见了一个年轻人。这个年轻人其实就是刚刚在前面碰见的那个秃子，不过他装扮了一下，他迎过来问阿爷："阿爷，看样子你有急事吧？"阿爷回答："是的，我正给我孙女找女婿。"年轻人说："我给你的孙女做女婿吧？"阿爷说："像你这样秃头的人，我刚才看见了一个，我的孙女是绝不会答应的。"年轻人眼珠一转，假惺惺地说："这里全都是秃子，你再不要费心找了，请答应我，让我当女婿吧。”阿爷想了一会儿说：“那好，我答应你，我们一块儿回家吧。”其实，这个秃头的年轻人就是高斯古日阿吾。

两个人走着走着，天黑下来了。高斯古日阿吾觉得身上有点冷，他一看阿爷穿着棉衣，骑上尕驴走得挺快，就转眼一想，向阿爷说：“阿爷，我想剥下一片树皮当成棉衣穿上，你说成不成？”阿爷说：“你这个傻瓜，树皮怎么当成棉衣穿在身上呢？”他俩又走了一段路，高斯古日阿吾又觉得肚子有点饿，他一看阿爷正在吃馍，就说：“阿爷，我把眼前的那个白石头当馍馍吃，你说可以吗？”阿爷说：“你这个呆子，石头怎么当馍馍吃呢？”走啊走，高斯古日阿吾已经筋疲力尽了，他又对阿爷说：“阿爷你看，我把前面的那个石头当成尕驴骑上，你说行吗？”阿爷气愤地说：“你这个呆头呆脑的年轻人，怎么把石头当做尕驴骑呢？”

最后，他们到了家里，高斯古日阿吾问：“阿爷，你的庄廓怎么没有耳朵？”阿爷斜着眼睛说：“你这个傻瓜，怎么这样说呢？”阿爷和高斯古日阿吾上了炕，盘腿坐下，阿姑尕拉姬很快做好了晚饭端了上来。高斯古日阿吾吃了一口就说：“我的碗里怎么没有舌头？”阿爷很生气地说：“饭里哪来的舌头呢？”饭吃罢了，阿爷垂头丧气地对阿姑尕拉姬说：“孙女呀，阿爷真对不起你，今天给你找来的女婿呆头呆脑的，以后你要好好教训他。”阿姑尕拉姬急忙问爷爷：“阿爷，他对你都说了些什么？”阿爷把高斯古日阿吾的话从头到尾一一说给了阿姑尕拉姬。阿姑尕拉姬听了以后，回眸一笑就说：“我的阿爷啊，您太老实了，他是个很机灵的聪明人，您没明白他说的话，他说的意思是：把您的棉衣给他穿，馍给他吃，尕驴让他骑一会儿，还说庄廓没有耳朵，是指我们家里没有养狗，饭里没有舌头，就是说饭里没有肉。”阿爷听完孙女的话，终于明白了。

从此以后，高斯古日阿吾和阿姑尕拉姬幸福地过着好日子。

没过几年，阿爷去世了。这时候，亲戚们说，阿爷的财产不能由招女婿来照管，暗自商议干脆把高斯古日阿吾杀掉。阿姑尕拉姬偷听了亲戚们的话之后，悄悄地把高斯古日阿吾放跑了。高斯古日阿吾就跑到一个大山的深洞里。亲戚们认为高斯古日阿吾溜走了，就逼着阿姑尕拉姬改嫁。

阿姑尕拉姬叫侄女每天给山洞里的高斯古日阿吾送馍馍。这样过了一段时间，高斯古日阿吾觉得送来的馍馍一天比一天少，饿得实在忍不住，就对侄女说：“阿娜，你回去告诉阿姑尕拉姬：‘十五晚上的月亮只有半个，十六晚上的星星更少'，她会明白的。”侄女回家后，把高斯古日阿吾的话原原本本地告诉了阿姑尕拉姬。阿姑尕拉姬骂道:“你这个没良心的东西，你把馍馍吃了以后，剩下的才送去。”侄女又羞又气，一气之下跑出去，把高斯古日阿吾藏匿的地点告诉了亲戚们。亲戚们拿上刀、斧头等，上山去杀高斯古日阿吾。

阿姑尕拉姬心急如焚，站在高楼上，朝着山洞高喊:

“哎，高斯古日阿吾哟，
高山上响着枪声，
平川里闪着刀影，
马群里选一匹好马，
枪里头挑一杆好枪，
刀里头拿一口好刀，
你快点跑，快点跑。”

这时从山洞边传来了高斯古日阿吾的声音，他在哭喊:

“哎，阿姑尕拉姬，
你是我心上的肉，
让我看一下你的黑头发，
我再跑，我再跑。”

阿姑尕拉姬又喊到：

“哎，高斯古日阿吾哟，
我的黑头发就像皇上阿吾的毛尾巴，
快些跑，快些跑。”

高斯古日阿吾喊：

“哎，阿姑尕拉姬，
你是我眼里的光，
叫我再瞧瞧你的大眼睛，
我再走，我再走。”

阿姑尕拉姬喊到：

“哎，高斯古日阿吾哟，
你看见了皇上阿吾的酒杯，
就像见了我的眼睛一样，
快跑，快点跑。”

高斯古日阿吾喊：

“哎，阿姑尕拉姬，
你是我终生的伴，

叫我再看看你圆圆的脸，
我再离开你，我再离开你。”

阿姑尕拉姬喊：

“哎，高斯古日阿吾哟，
你见了十五的月亮，
就见了我的脸一样，
你快些跑，快些跑。”

高斯古日阿吾含泪听完阿姑尕拉姬的话之后，马上跑了。他跑呀跑，跑到一处空山林子里。这时候，亲戚们一拥而上，当场砍下了高斯古日阿吾的头。

阿姑尕拉姬得知高斯古日阿吾被杀死，就背上金箱子，出门去找高斯古日阿吾的尸体。

不知走了多少路，突然头顶飞来一只喜鹊，阿姑尕拉姬急忙问：

“哎，喜鹊哥，我的高斯古日阿吾的尸体在哪里？你看见了没有，看见了没有？”

喜鹊回答说：“我没看见，你问问后面飞来的鹁鸽。”

阿姑尕拉姬走啊走，突然头顶飞来一只鹁鸽，阿姑尕拉姬上前去问：

“哎，鹁鸽哥，我的高斯古日阿吾的尸体在哪里？你看见了没有，看见了没有？”

鹁鸽说：“我在上面飞，你跟上我，我落到哪一棵树上，哪棵树下就有高斯古日阿吾的尸体。”鹁鸽说完，就在前面引路。鹁鸽飞了一段路后，突然落在了一棵白杨树上，阿姑尕拉姬急忙跑过去一看，高斯古日阿吾的尸体正躺在树下，身上沾满了血，阿姑尕拉姬一急，就晕倒了。

过了一会儿，等阿姑尕拉姬苏醒过来一看，前面站着两个戴白顶帽的穆斯林青年，阿姑尕拉姬上前央求说：“两个哥哥，你俩人帮个忙，给亡人抓个水[①]，挖两个坟，挖完以后，一个人给个金箱子，一个人我给他当媳妇，你俩就选吧。”两个青年一口答应了，一眨眼工夫便挖好了两个坟坑。这时，阿姑尕拉姬说：“我下去看看，合适不合适。”阿姑尕拉姬刚下坟，又第二次晕倒了，再没能起身就无常了。两个青年人把小两口的尸体抓水后，就分别埋葬了。

① 抓水：穆斯林按伊斯兰教教规给亡人的洗礼。

阿乙霞

从前，有兄妹两人，阿哥叫乙奴四，妹妹叫阿乙霞。在他们的庄子上，有一家富户，常年欺压百姓，百姓虽说气愤，但没法与他对抗，因为在他的家里豢养着一帮家丁，不好惹。

于是，兄妹俩为了铲除这个地头蛇，开始练习武功。乙奴四起早贪黑练棍棒，阿乙霞则在炕上练绣花针；乙奴四练刀枪时，阿乙霞又在厨房里练菜刀；乙奴四练拳脚时，阿乙霞则在案板前练擀杖。二人一练就是五年，终于练成了一身好武艺。

一天，乙奴四起了个大早，准备停当，提上棍棒，来到地头蛇的门口，一脚踢开大门，钻到房里，该杀的杀，该砸的砸，可就是没寻见那挨千刀的地头蛇。原来，乙奴四踢门进房的动静，惊醒了他，一听架势不对，一揉眼窝从后门里溜了。乙奴四心想：跑了和尚跑不了庙，总有一天我还会再收拾你这个大坏蛋。

地头蛇被赶跑了，全庄子的百姓总算过上了平安的日子。可是，没过一年，地头蛇打发来一个家丁，到阿乙霞的家里说：“我家大人引来一帮人，要和你阿哥乙奴四比个武艺，见个高低。”阿乙霞想：这次地头蛇要比武，肯定凶多吉少，比武是假的，暗下毒手恐怕是真的。乙奴四是个刚强汉子，不听则罢，一听便火冒三丈，自言自语地说：“吃人的狼你终于来了，这次不除掉你这个祸害，我誓不为人。”一边说一边从马圈里拉出马，备了鞍子，骑上马，跟上那人走了。

地头蛇的家丁，把乙奴四引到一条山沟里说：“哎！你快点走，我家大人就在前面。”乙奴四抬头一看，前面不远处果然站着那个地头蛇，他还龇牙咧嘴地笑着。仇人相见，格外眼红。乙奴四骑马挥鞭，直往前冲，待快要冲到仇人面前时，乙奴四却连人带马掉到陷阱里被活捉了。这时，他才明白上当了，可后悔也来不及了。

阿乙霞听到阿哥被捉，很是着急，心想：无论如何，也一定要把阿哥救出来。而地头蛇为了斩草除根，也出了个告示：“谁要杀掉阿乙霞，赏银百两，还把阿娜嫁给他，以阿乙霞的头为证。”

地头蛇出告示扬言要杀阿乙霞的时节，阿乙霞也为搭救阿哥女扮男装地出发了。她寻了个死阿娜的头，包到布里，大摇大摆地走进地头蛇的家里，一见地头蛇，献上人头说：“大人，我把阿乙霞杀掉了，她的头也拿来了，请大人看！”这下，地头蛇高兴坏了，就在当天下午，不但拿出银子百两，还把自家的阿娜“嫁给”了阿乙霞，并说：“这个礼拜的主麻日要杀乙奴四。”

“新郎”和“新娘”当天就进了洞房，阿乙霞很为难：我俩都是女的，怎么办呢？如不同床就怕被识破。忽然，她发现墙角有个书架，就走到书架跟前，挑选了一本很厚很厚的书，上到炕上。虽说斗大的字她不识半升，可又不得不装模做样地看。这样，她白天睡觉，晚上看书，过了两天两夜，“新娘”觉得很奇怪：这人怎么只看书不睡觉？她很生气，于是跑去告阿大。阿大一听女儿的话，就把阿乙霞叫到跟前质问：“你为何只看书不睡觉？”阿乙霞说：“我有个怪毛病，平时，我只管睡觉不看书，若要看书，必须一连三天，晚上看书，白天睡觉。”这样解释算是把地头蛇哄骗了过去。

到了主麻日的早上，地头蛇招来阿乙霞说：“今天我要杀死专和我作对的乙奴四，这个差事就交你去办吧！”阿乙霞说：“阿大，这个可恶的乙奴四，专和你作对，是个非杀不可的人。杀场要设在十里外，不然，有碍于你老人家的吉祥。你只给我两匹马和一把刀就成了。”“丈人”一听，“女婿娃”说得也对，就答应了。

吃罢早饭，约有上百个家丁跟在地头蛇的后面，一副耀武扬威的样子，阿乙霞则骑着一匹马牵着一匹马，手提钢刀，押解乙奴四走在最前面。约摸走了十里，阿乙霞手起刀落，割断了绑着乙奴四的绳子，反手摸出自己的菜刀，不偏不斜，端端插在地头蛇的脖子里。乙奴四跃身跳上马背，兄妹两人抡鞭摧马上了一座高山，冲着还没断气的地头蛇唱道：

高高山上种麻豆，
哪里的阿娜寻阿娜？
高高山上种胡麻，
哪里的妮哈[1]招妮哈？
高高山上种荞麦，
哪里的姑娘嫁姑娘？

地头蛇不但挨了阿乙霞的菜刀，又听到阿乙霞唱的歌声，立即断气身亡了。兄妹俩就这样铲除了庄子上的一霸。

流传地区：循化县白庄乡一带
讲述人：马哈七麦，女，65岁，撒拉族
记　录：马秀兰
搜集时间：1983年9月

---

① 妮哈：当地语，即小姑娘。

艾乙卜的故事

白克儿是上四工[①]有名的大富户，他有两个儿子和一个叫则乃白的丫头。丫头的模样，在撒拉八工是个拔尖货，远近的年轻人、城里的官家子弟，都垂涎三尺，向她求婚，她都摇头不同意。

有一天，城里的县太爷揣着白晃晃的银子，带着敦亚上最好看的花儿，骑着高头大马，到白克儿的家里说："只要把则乃白嫁给我，你们全家人将有享不尽的荣华富贵，况且白克儿的两个儿子奴海和艾草还能升官。"白克儿看到这样一笔好买卖，就满心欢喜地答应了；两个哥哥眼看踏着妹妹的肩膀升官发财，更是高兴；则乃白的阿妈，也将要成为县太爷的丈母娘而高兴得合不拢嘴。只有则乃白一千个不答应，她把县太爷送来的克力缎料子撕成了片片，把大穿衣镜砸成了渣渣。阿妈见此质问道："阿娜！县太爷的订茶你不要，父母的话你不听，你究竟想的是哪一个？"则乃白说："金山银山我不稀罕，我想的是我们家里做活的长工艾乙卜。"阿妈一听丫头的话，着

① 上四工：撒拉族地区早先的行政区划，相当于现在的乡镇，上四工指的是街子、查加、苏志、查汗都斯四个工。

实大吃一惊。

艾乙卜是白克儿雇来的长工，他做活老实，长得英俊，白天挡羊，晚上漫水浇地。则乃白经常夜间观花，天长日久，她爱上了他，他也爱她的聪明善良，这样他俩就好上了。

可是，则乃白的阿大阿妈却想的是门当户对的大户，认为：堂堂白克儿的丫头，嫁个穷光蛋是败坏门风，大胆的艾乙卜，竟敢和我白克儿的丫头相爱，这岂不是让别人说我白克儿没有家教吗？于是，他们把艾乙卜赶出了家门，撵出了村子，并说："要是你在村中再出现，就砸断你的腿。"

阿大的话，对则乃白来说，是块压在身上的磨扇。可是，大风刮不动河底的沙子呀，一天晚上，她又去花园看花，忽然听见有声音，仔细一看，原来是艾乙卜偷偷来看自己，当晚两个人订下了终身，发誓决不变心。

自那以后，则乃白得了个相思病，一天到晚，不说话，不吃饭，脸也一天比一天瘦了。请来高明的先生，也不顶事，阿妈心疼不过地说："阿妈的命蛋蛋，你心里有什么解不开的疙瘩尽管向我说，天上的星星，地上的灵芝草，阿妈都能办到。"则乃白说："阿妈呀阿妈！敦亚上的万物我不要，只求你，让我嫁给艾乙卜，如果不答应，那我俩在阿合热体[1]相会就是了。”没法子，阿妈只好去说服白克儿，可是刻薄的阿大，却提出了苛刻的要求：要艾乙卜领上奴海和艾草，去圣马山[2]给他牵来一匹千里马，否则，十个艾乙卜也休想娶到我的丫头。则乃白一看阿大的铁石心肠，便乞求阿大说：“她阿大呀阿大！请您看在安拉的份上，收回这个要求吧！圣马山在万里路上，跋山涉水，虎狼挡道，是妖魔出没的地方呀！”还没等她说完，艾乙卜就挺身上前说：“尕妹呀尕妹！你别说，悬崖峭壁是我的路，斩虎打狼是我的事，阳世上来了者为了个你，多灾海我也要走一趟哩。”然后转身，向白克儿说：“尊敬的主人家！金银财宝我不爱，只请你赐给我一副弓箭和一把宝刀，让我们明天动身就是了。”

第二天，艾乙卜背着弓箭，带上宝刀，领上奴海和艾草上路了。两个哥哥对艾乙卜恨之入骨，想着要是则乃白嫁给他，他们俩就什么都得不到。一路上，他俩吃的是白面卷糖的大苏盘，给艾乙卜吃的是杂面卷麸的砖包城[3]。他们连走了三天三夜，来到了一个村边，这两个哥哥，平常娇养惯了，哪里走过这样长的路？他俩的脚上

---

① 阿合热提：撒拉语，即阴间。

② 圣马山：传说中出产千里马的圣山。

③ 砖包城：用白面和杂面混合做成的馍馍。

早已磨起了血泡，疼得要命，再一想到路上的艰难就更加害怕了，便对艾乙卜说：“你去圣马山把千里马牵来，我们在这里买好鞍子等你。”就这样艾乙卜单独出发了。他走呀走的，鞋被磨破了，脚上布满了血泡；干粮吃完了就吃草根；高山挡路，獐子引他爬山；迷路了，大鹰为他领路。就这样，不知走了几十个白天黑夜，正当他走得筋疲力竭的时候，一只麝香羔跑过来，依偎在他的身边说话了：“咩——小哥哥，请你骑在我的背上。”善良的艾乙卜看到幼小的麝香羔，不忍心骑，可麝香羔还是一再要求他骑上。于是艾乙卜轻轻地骑在麝香羔的背上，它驮着艾乙卜，不知翻越了几座大山，渡过了几条大河。最后他们来到一座深山里，山里头有一座很雅致的房子，门前坐着一个白头发的老汉，麝香羔把艾乙卜背到老汉跟前，他向老人说了“赛俩目”。老汉问：“尕娃呀尕娃，你从哪里来，又到哪里去？”艾乙卜把个人的来历告诉了老汉，老汉又说：“尕娃呀尕娃！你上圣马山是九死一生，不知有多少人，为取千里马，都是有去无回，我看还是别去的好。”艾乙卜望着老人和善的样子，坚决地说：“尊贵的老爷爷，我凭着安拉的贵名发誓，找不回千里马，我永不回头。”老人听了，点头笑了。然后，老人叫艾乙卜烧水，他自己做饭，并说：“尕娃呀尕娃！先烧三千三百三十三片白杨树叶，再烧三千三百三十三片桦树叶子，后烧三千三百三十三片松树叶子，不准多烧一片或少烧一片。”艾乙卜一片叶子一片叶子地捡着，一片叶子一片叶子地烧着，烧了九天九夜，终于烧完了九千九百九十九片树叶。这时，老汉走到锅台前，嘴里念了个“都哇”揭开锅盖，啊！锅里顿时金光四射，它的光芒，射透了九层云雾。原来，发光的是一把宝刀和一副弓箭，老人用双手捧着宝物对艾乙卜说：“尕娃呀，这是慈善的安拉赐给你的双宝，但愿你在安拉的保佑下能寻得千里马！”艾乙卜接过双宝致谢后又动身了。

艾乙卜背上双宝，又走了三天三夜，来到一条波浪滚滚的河边，正在发愁的时候，身背的宝刀发出“嗖嗖”的声音，他抽出宝刀，对着河水，连劈三刀，顿时河水被划开了，变成一道宽阔的大路。他走过大河，又走了三天三夜，来到一片古林棵旁，突然窜出一只老虎，嘴里叼着一个老汉，艾乙卜急忙拉弓搭箭，一箭射死了老虎，搭救了老汉。老汉从惊慌中看了看艾乙卜说：“安拉福二克卑日[1]！在我危急之时，慈善的安拉派你来，搭救了我的命！”说罢，把艾乙卜领到了家

① 安拉福二克卑日：宗教用语，意思是真主伟大。

里。只见老汉家里桌面上摆着各式各样的宝器，各种古玩字画，老汉感激地说：“恩人！为了报答你对我的救命之恩，请你在这些东西中尽管挑选你中意的吧！”这时，挂在梁上笼子里的金丝鸟，热情地叫起来：“好心的俊哥，为了你的成功，请挑上我吧！”于是，艾乙卜对老汉说：“尊敬的老爷爷，我是个出门人，这里无亲无故，请你看在安拉的份上，把你心爱的金丝鸟送给我吧？”老汉说：“恩人，你把金丝鸟操心好，在你危难时，它能帮助你的。”就这样，艾乙卜告别了老汉，又上路了。

艾乙卜背着双宝，提上金丝鸟，走出了古林棵，来到一个山口。突然天刮起狂风，昏暗中冲出一头“毛格尔”[①]，它的三个嘴里喷着红火，三个嘴里喷着黑火，三个嘴里喷着蓝火；它的眼睛像灯笼，鼻孔像喇叭，叉开粪叉般的爪子向艾乙卜扑了过来。艾乙卜抽出宝箭，一箭射掉了“毛格尔”的八个头，可是，那怪物并没有死，它的黑血像黄河里的浪，又向艾乙卜扑来。勇敢的艾乙卜，又抽出宝刀，朝“毛格尔”的头部砍去，只听“咔喳”一声，怪物的最后一颗头滚落在地上。这时，金丝鸟唱起了动听的胜利歌，艾

① 毛格尔：撒拉语，妖魔牛。

乙卜擦干了刀上的污血，又往前走了三十个三天三夜，最后，来到一座大山前。正当艾乙卜为难时，金丝鸟朝高山叫了起来，艾乙卜身后的宝箭也“嗖嗖”作响，他抽出宝箭，对准高山，连射三箭，只听“轰隆隆”，山崩地裂，一刹那大山分为两半，中间显出了一条道路。艾乙卜穿过大山，眼前呈显出一望无际的大草滩，啊！终于到了圣马山。只见一匹匹膘肥体壮的千里马，在尽情地奔驰着。这些千里马，一看到背着双宝、提着金丝鸟的艾乙卜时，都停止了欢跳，竖起尕耳朵“咴儿，咴儿”地叫起来。艾乙卜看准其中最肥壮、最漂亮的一匹梅花斑马，便手抓鬃毛，一跃跨上了马的脊梁。那马四蹄一蹬，好像腾云驾雾，艾乙卜像棵扎根的青松，马上的鹞子。最终这匹烈马被驯服了。在返回的路上，他们跑了三十个三天三夜，来到了奴海和艾草等他的地方。

奴海和艾草，一看艾乙卜真的骑来了千里马，又嫉妒，又仇视，心想：这次回家，阿大和庄子上的人定会夸赞艾乙卜的勇敢，责怪我俩胆小。更重要的是，快到嘴边的肥肉，也将被这个“要合木”①一脚踢掉。于是，他俩暗暗盘算着要加害艾乙卜，就对艾乙卜说：“艾乙卜弟，你太

① 要合木：即佣人的意思。

辛苦了，今晚，你舒舒坦坦地睡一夜，由我们来看管好千里马。”艾乙卜是个老实大哥，相信了他俩的话，于是靠在一棵大树下睡着了。到了半夜，狼心狗肺的奴海和艾草，用大刀把艾乙卜砍死，取下了他的双宝。这时笼中的金丝鸟喊道：“叽叽叽！万能的安拉有眼睛，恶狼的诡计难得逞！”他两人一听心惊胆战，上前一步，又来砍金丝鸟，金丝鸟乘机脱身飞走了。

奴海和艾草杀害了艾乙卜，牵出千里马，往回家的路上走，但那千里马不见了善良的主人，就使劲“咴儿，咴儿”地长嘶不停，两腿刨着不肯动，两个人就用刀背狠狠地剁它的屁股。回到家里，白克儿说：“勇敢的尕娃们！你们辛苦了。”当问起艾乙卜时，奴海和艾草满口谎话地跪在阿大面前哭道：“阿大呀！那个没良心的‘要合木’走到半路，害怕路远，拿上全部的干粮偷跑了，我们不忘阿大的嘱咐，远行万里，把千里马找来了。”白克儿听了，信以为真，痛骂艾乙卜是骗子，怕死鬼。而则乃白听了两个哥哥的话，难过极了，想着自己盼星星盼月亮地等艾乙卜回来，可万没想到他竟然怕苦，没去圣马山。但翻过来又一想，艾乙卜不是那种人啊！

再说，那千里马被拴在金槽银柱上喂着好料，可它不吃不喝也不卧，整天整夜地流眼泪，白克儿一见就问："尕娃们！这千里马不吃料不喝水，怎么只是低头淌眼泪？"奴海和艾草说："那马在路上走累了，不要紧，过几天就会好的。"还有，每到夜深人静时，千里马便长嘶不停，阿大又问："尕娃们！千里马为什么白天耷拉着头，一到晚上又惨叫不止？"两个尕娃说："那马住惯了大草滩，不稀罕高麸高料的生活，不要紧，过几天就会好的。"

就在这时，艾乙卜带上金丝鸟大摇大摆地回来了，千里马一见主人也狂欢地叫了起来。艾乙卜轻轻地抚摸着它的头，那马也驯服地依在他的身上，怒视着奴海和艾草。

原来，那金丝鸟飞走后，看到主人被残杀，拼命飞到太阳升起的地方，去寻找灵芝草，准备救活艾乙卜，向奴海和艾草讨还血债。它飞呀飞的，不知飞过了多少高山大河，也不知挣脱了多少次雄鹰的追逐，终于取回了灵芝草，用汁水滴在艾乙卜的眼睛里，轻轻地叫道："叽，叽，叽！小主人呀小主人，你的情人在等你，请你赶快醒过来。"艾乙卜从梦中听见金丝鸟的叫声，慢慢地醒过来，睁开眼一看，不见了千里马，于是，带着金丝鸟儿回来了，在白克儿和则乃白的面前挑破了奴海和艾草的黑心，他俩人最终也招认了自己的罪恶，得了应得的惩罚。于是白克儿正式聘媒，把则乃白许配了艾乙卜，那金丝鸟整天鸣唱着他俩的美满生活，那千里马也陪伴着他俩耕田种地。

流传地区：循化县白庄乡张尕村
讲述人：韩罗善布
记　录：韩秉仁

受苦十八年

从前，有个阿妈生有两个儿子，大儿子早已娶了媳妇，小儿子是个读书人，才娶媳妇不久，新婚夫妇的感情很好。

可是，阿妈要小儿子上京考科举，以便将来能谋个一官半职的，好发财。小儿子懂的道理多，不敢违背阿妈的意思，只好恋恋不舍地离开了媳妇。自从丈夫走后，媳妇寂寞得很，想去娘家住几天，就让小姑上楼问婆婆："阿妈，二嫂嫂想回一趟娘家去，你看成不成？"婆婆说："我看你二嫂不能去，要想去！背下三年的土再去。"可怜的媳妇一边哭、一边背，一边背、一边哭。时间一天一天地过去了，背得土堆成了一座小山，堆在大门前，到了最后一天，媳妇对着土山说："土山呀！土山，我的泪已流完，三年过去了，丈夫没回来，他来了你作证。"

第二天，媳妇又让小姑上楼问婆婆："阿妈，阿妈，二嫂嫂三个三百六十天，一天也不差，背下的土成了山，住一趟娘家去，你看成不成？"婆婆斜瞪了小姑一眼说："我看还是不能去！出嫁不过才三年，就想回娘家，我没有见过她这样的媳妇。若要去！挑下三年的水再去。”于是媳妇天天挑，天天祈祷：“胡达呀！我身上的汗流干了，怎么还不见我丈夫回来？”日子一天一天过去了，挑得后园中的大池子快满了，最后的一天，媳妇站在水池边上喊道：“池子啊！池子，我挑水磨破脊背的血都淌在池子里，丈夫来了你作证。”

第二天，媳妇又让小姑上楼问婆婆：“阿妈，阿妈，二嫂嫂三个三百六十天，一天也不差，挑下的水放开池子成河哩！这一次二嫂嫂可以回娘家了吧？”婆婆站起来走到楼房边，指着儿媳妇骂道：“我拿大钱买了你，给我做活不几年，就要回娘家，你羞不羞！我当婆婆的没脸见人。去！打三年柴再回娘家。”媳妇含着泪，拿着斧，早上山，晚下山，看见大雁在头上飞过，伤心地喊道：“大雁呀！大雁，你等一等，给我丈夫捎个信，让他快快回家来，救救我。”

她天天喊，天天望，背柴不差一天。三年又过去了，媳妇的嗓子都喊哑了，眼睛也望麻了，砍得小林棵快完了。最后一天，她对着小林棵说：“小林棵啊！小林棵，我从山下砍到山尖，踏遍了远山，踏平了近坡，天天如此，不见丈夫回来，他来了你作证。”

三年完了，婆婆又狠心地撒了几斗菜籽，叫

她一个个地拾起来，说拾完就叫她回娘家。可这哪时候才能拾完？可怜的媳妇一边拾，一边哭，一边喊，哭喊声感动了山上的万种飞鸟，它们来帮助她拾完了菜籽。这样，一年又一年地过去了，可恶的婆婆总是不让媳妇回娘家，这样那样的活总是做不完，苦也受不完。整整过了十八年，媳妇瘦成了干柴棍棍，肉皮脱了一层又一层，血汗流干了，头发斑白了。她又让小姑上楼问婆婆："阿妈呀！阿妈，让二嫂嫂回一趟娘家吧？"婆婆知道儿子该回来了，就点头答应了。小姑高兴地去告诉了二嫂嫂。媳妇又去问婆婆："阿妈！阿妈！我身上穿什么？"婆婆说："破皮袄不是你穿的吗？"媳妇又问："阿妈！阿妈！脚上穿什么？"婆婆说："破鞡鞑[1]不是你穿的吗？"媳妇又问："我走着去还是骑上个啥？"婆婆说："大老狗不是你骑的吗？"媳妇再问："我拿什么礼当？"婆婆说："牛粪块不是你拿的吗？"儿媳妇只好照婆婆说的准备了一番才开始回娘家。

她一拐一跛地走，走了三天三夜，来到了一座大桥跟前，远远看见一伙人马，她羞得躲在桥底下。那带头的一位官员正是她的男人，他的人马每走过一个村庄时，男女老少都围着看。他

---

① 鞡鞑：用牛皮搐的一种皮鞋。

也远远看见一个女人躲在桥下，觉得奇怪，便派人到桥底下去把那女人叫来了，问来问去，原来是自己的媳妇。媳妇把受了十八年苦的事原原本本地说给了丈夫，丈夫听了很生气，本想不再回家，可又一想母亲总是母亲，应该回去看看。这样，丈夫把媳妇留在后面，自己先到家里去见母亲、哥嫂和妹妹。

到了家门前，阿妈出来说："阿妈的尕娃来了吗？你在外面十八年，你的媳妇娘家坐了十八年，你的房门锁了十八年，蜘蛛网拉了十八年，阿妈受苦十八年。阿妈抓马，你下马。"尕娃一听这话就回答："我不下马，哥哥嫂嫂出来我下马！"哥嫂出来说："兄弟来了嘛！你去了十八年，你的媳妇娘家坐了十八年，你的房门锁了十八年，蜘蛛网拉了十八年，阿妈、哥哥、嫂嫂下苦十八年，我们抓马，你下马！"小儿子一听哥嫂的话也生气地说："妹妹出来我下马！"妹妹出来跪在地上说："二哥哥来了嘛！二哥出门十八年，二嫂受苦十八年，阿妈坐炕十八年，大哥、大嫂浪街十八年。你看门前的山、门前的柴、后院的水，都是二嫂受苦的见证。"哥哥听后立即跳下了马扶起跪在地上的妹妹，又叫来了媳妇。这时，一阵大风吹来，土山、水池、柴火都喊道：

"公子出门十八年，媳妇受苦十八年，我们

都来作证人。”小儿子诅咒说：“阿妈变个猪，去隳墙根；哥哥变个大公鸡，去叫鸣；嫂嫂变个母鸡，去下蛋；妹妹变个牡丹花，摆到桌子上，给二嫂看。”小儿子话音刚落，他们就都变了。

从此，小儿子的媳妇再也不受苦了，俩人幸福地生活了一辈子。

流传地区：循化县积石镇草滩坝

讲述人：紫卜德，女，73岁，撒拉族，农民

记　录：刘凤兰

马司宝和尕司宝

很早很早以前，在一个撒拉族居住的庄子上，有两户人家。一户的主人叫马司宝，一户的主人叫尕司宝，两家都没有后人。

有一天，他俩的媳妇各自拿着做针线活的簸箕，一面做活，一面“拉干旦”①。当时，她俩都正怀有身孕。扯着扯着，把“干旦”扯到肚子上来了：“我们来到敦亚上，怀的是头首②，以后如果生的都是阿娜，就让她二人拜个干姊妹③，如果我俩一个生阿吾，一个生阿娜，就让他们配成尕两口，以后病头灾难，互相有个照应。”说毕，相互赠送针扎④为凭。

没隔几天，马司宝的媳妇生了个阿娜，尕司宝的媳妇生了个大多罗⑤儿子，两家很是高兴。从此两家成了你不吃、我不喝的指腹亲家。

两亲家你来我往的不知过了几年，尕司宝一

---

① 拉干旦：即“拉家常”。
② 头首：即第一胎。
③ 干姊妹：即结拜姐妹。
④ 针扎：即妇女用来插针用的荷包样物品。
⑤ 大多罗：指大头儿子。

家遭了一场大火灾，财产烧了个一干二净。俗话说“贼打火烧当日穷”，从此尕司宝的光阴一天不如一天，他的媳妇也因遭此大难一病不起，无常了，正应了“福无双降，祸不单行”的口头话了。尕司宝眼看难以生活，就领上阿吾出门，自找出路去了。

马司宝一家的光阴，一天强似一天，成了远近闻名的巴日克希，他的阿娜也长大成人，快到出嫁的时节了。

一天，尕司宝把自家的家史及如何指腹为婚的经过详细地告诉了阿吾：“现在你已长大成人，带上订婚的针扎，去寻找你丈人家，若他们不信，就把针扎拿给他们看，他们见了当年的订婚凭证，会成全婚事的，去吧！”就这样，阿吾带上针扎上路了。

马司宝成了远近有名的巴日克希，已不像从前的人了，他变成了一个“嫌穷爱富”的人。阿吾一到他家，他心里就明白了，可偏偏不让阿吾见阿娜的面，根本不承认这门亲事。说什么：“你不像个男子汉，找个媳妇像穿鞋一样那么随便？你硬娶我的阿娜，我阿娜岁数轻，你最好另找一个吧，订婚的针扎，你退给我算了！”阿吾一听，气得脸色发青心发慌，半天没说一句话，转身就往回走。

来到家里，一肚子的气只能自己咽，茶不思，饭不想。阿吾把马司宝如何拒婚的事讲给了阿大，阿大一听，病上加气，倒在炕上，再也起不来了。

阿吾照常上学，因心中有事，整天沉默寡言，愁眉不展，教书先生就开导阿吾："老师给你想办法。"

这里，马司宝为拆散阿吾和阿娜的婚事，煞费心计。一天，他打发家人来到尕司宝的家里说："我的东家马司宝有请尕司宝老汉，说当面商量尕娃们的婚事。"尕司宝知道这是马司宝的诡计，心想不去吧，情理上又说不过去；去吧，又要遭马司宝的欺压，思谋来思谋去，最后决定还是去。但是尕司宝现在家穷，一无衣服，二无骡马，三无礼当，如何动身？阿吾把他们的困难说给了老师，老师说很容易。

第二天，尕司宝穿了借来的新衣，骑上了老师的高头大马，拿上了见面礼，来到马司宝的家中。此时，马司宝正带领家人在门口等候。一见尕司宝来了，便虚情假意地迎上来说："哎，亲家，多年没见，今天总算把你盼来了，这次你多住些日子，我们老兄老弟，好好地拉个干旦。"尕司宝说："好吧。"

当夜，尕司宝住在马司宝的家里，到了后半

夜，马司宝借尕司宝熟睡之时，打发家人，悄悄地偷走尕司宝的衣裳，往油缸里一蘸，又挂回衣架上。第二天天亮，尕司宝起床穿衣，发现衣服上全是青油，正在为难的时候，马司宝推门进来了。他说："亲家，昨晚天气不好，刮大风，把衣架吹倒了，你的衣裳掉在油缸里沾了油，不要紧，我给你换新的，我俩先商量个事情。"尕司宝说："好，亲家有啥事你说出来！别人办到的我也能办到；别人办不到的，我也办不成。"马司宝一面看着尕司宝的脸色，一面说："我说你的阿吾还小，我的意思是我们两家的亲事也就算了，至于你的衣裳，我不但给你三套五套的，还给你一褡裢银子。"尕司宝说："好吧，订婚的针扎还给你。我地下的有了，炕上的有哩，只要我的阿吾平安，像你阿娜般的媳妇寻下哩。"说毕穿上衣服，驮上银子回家了。

尕司宝回家后，左思右想，心里的疙瘩总是解不开，躺到炕上再也起不来了。阿吾见阿大的脸色不对，担心地问："阿大，你有什么事想不通，给我说明白。"尕司宝两眼淌泪伤心地说："阿吾，你能不能给我个口唤？阿大干了一件对不住你的事。"阿吾说："阿大，只要你把心事说出来，哪有当儿子的不答应的道理？"于是尕司宝就把马司宝强迫退婚的事告诉了阿吾，阿吾一听，当着阿大的面不得不装作无所谓。不久，阿大也无常了。阿吾一天天消瘦，变得三分像人，七分像鬼，再也不愿上学了。

教书先生听到阿吾的遭遇，为搭救学生，想了个办法：给阿吾买了一只兔鹰，让他每天架鹰抓兔，放开心胸，恢复健康。阿吾按老师的吩咐每天放鹰抓兔，翻山越岭，心情一天天地开朗了起来。有一天，老鹰随着野兔的奔跑飞进了马司宝的后花园中，阿吾一直追到跟前，只见这花园的围墙，像堵城墙，大门像个衙门，根本没法进去。于是他绕墙转了三转，发现有道漫水的水渠，缩身一钻，钻了进去。此时天黑，分不清东西南北，更不知道兔鹰落在花园的哪棵树上。阿吾找了许久，可能是找乏了，一屁股坐在一棵大树底下歇缓着慢慢地睡着了。

说也凑巧，马司宝的阿娜，就住在这座花园的绣楼上。到了半夜，阿娜梦见花园的果树下，曲蜷着一条蓝色的大蟒，大蟒吐出的香气直冲云霄。她被吓醒了，思谋着这是一场什么梦？迷迷糊糊中又睡着了，接着又梦见这条大蟒，这样翻来覆去地梦了三次，很是害怕，于是喊来丫环，前去后花园中的大树下查看。丫环提上灯笼，来到大树下，一看吓了一跳！发现有位英俊少年正躺在大树下。丫环走过去推醒少年问道："你是什么人，半夜三更来到我家花园？”阿吾说：“我是尕司宝的儿子，到这里找鹰的。”丫环说：“我家小姐在绣楼上连续三次梦见这棵大树下有条大蟒，叫我来查看，原来，大树下不是蟒，是个讨饭的叫花子啊。”

丫环回到绣楼上，禀报小姐：“后花园里没见大蟒，只有个白蜡杆子一样的小伙子睡在树下，说是尕司宝的儿子。”小姐一听，很诧异！她心发慌手发抖，心想：莫不是指腹为婚的阿吾？于是又打发丫环前去树下把他叫来。丫环来到阿吾的跟前说：“我说小伙子，我家小姐有请，你这金子般高贵的模样，趴在地上岂不可惜了阿大阿妈留给你的身子吗？快起来，我家小姐在绣楼等你呢。”阿吾说：“我是个放鹰抓兔的，我的兔鹰飞进这园子里，若我跟你去，恐怕我的鹰又要飞走，倒不如你家小姐到这里来。”没办法，丫环只得进去禀报，把阿吾放鹰的事说了，阿娜愈发感觉到：莫非就是指腹为婚的阿吾？想到这里，她三步并两步，来到了后花园。经双方讲述，阿娜证实了面前这位正是自己的未婚夫，她见了阿吾，双膝一跪，哭诉道：“我阿大嫌穷爱富，干了没良心的事，拆散了我们的婚姻，但我的心里一直想着你，今天我俩在后花园中见面，一来是胡达的指拨，二来是我俩的缘法没散。现在，我给你五十个元宝，作为盖房置业用，再给你绸缎和礼钱，等修好房子，你拿上财礼前来娶我。”说毕，又一同来到绣楼上，阿娜给阿吾换上了新衣服，又给了他五十个元宝，还说：“明晚三更，你把我的门敲三下，我打发丫环给你财礼和元宝。”说来也巧，阿吾和阿娜的对话，全都被楼下干活的皮匠听了个一清二楚。

到了第二天晚上，几近三更，皮匠来到小姐的门上连敲了三下，小姐以为阿吾来了，忙叫丫环拿了五十个元宝，送给敲门人。这时皮匠侧身将手伸进门里接元宝，丫环一个一个地把元宝数着放在伸进门的手里，还没数到十个，做贼心虚的皮匠显得有些紧张，上气不接下气，伸进门里的手一直抖个不停。丫环怀疑，便停手不给了。正当丫环关门时，皮匠一个箭步，抓住了丫环的一双手并威胁着说：“今天你不给够五十个元宝，我要你的命！”丫环再三挣扎，不料皮匠图财，宰了丫环，提上元宝逃走了。这时，正逢三更时节，阿吾来到小姐门前，连敲三下门，见里面没动静，就随手把门搡开，抬脚一进门，不偏不斜，端端地踩在丫环身上。此时天黑，伸手不见五指，用手一摸，刚好摸在刀口上，这下可不得了，他心中埋怨起阿娜来：“你这个狠心的巴日克希的阿娜！你不愿当我的媳妇也就算了，把丫环杀了，还想让我来当你的替死鬼。”想到这里，反手关了门，逃到深山老林的山洞里去了。此时，阿娜坐等心慌，一直等到天亮，都不见丫环回来。她来到门口，一见丫环的尸体惊呆了！赶紧大喊：“来人哪！我的门上出人命了！”喊声没落，马司宝就领上家人来了，一看现状也吃了一惊！他想：若说阿娜干的，她没有这个胆量，若说他人杀的，那又是谁呢？于是马司宝跑到县衙里告官，县官逼问阿娜时，阿娜不得不把阿吾进花园、梦见大蟒、答应财礼等情况说了出来。于是众衙役进山搜巡，在洞里抓到了阿吾，将其带到大堂之上，判了杀人罪。此时，不管阿吾如何申辩，都不顶事了。正当县官提起朱砂笔写亡命牌，写到“司某某死刑”时，有只苍蝇飞来飞去，用翅膀蘸上朱砂，在亡命牌的死犯名字下飞快地写出“皮匠”两个字。县官一看，觉得怪了，一只苍蝇怎能写出“皮匠”两个字呢？看来这案子有蹊跷，便押回人犯重审，又暗查皮匠的下落。最终皮匠被抓捕归案，经审问，皮匠招供了。

县官回到衙门，心慌意乱，想着好在这只苍蝇帮了大忙，否则阿吾早已成了红笔下的死鬼。马司宝想起这一切，也悔恨地说：“我以前干了对不起你俩的事，我把金子看成黄铜了，驴粪看成麝香了。”县官看在阿吾含冤的份上，判阿娜为阿吾的妻子。从此以后，阿吾和阿娜成了一对恩爱的两口子。

流传地区：循化县

讲述人：韩金贵，男，47 岁，撒拉族

记　录：马秀兰

搜集时间 :1987 年 6 月

阿娜云红姬

很久以前，在撒拉人居住的一个村庄里，有一户平常的人家，家里的主心骨是一对老夫妇，他们心地善良，勤劳厚道，日子虽不富裕，但过得平静。美中不足的是儿女见得迟，膝下的一男两女岁数都小。常言道："人家的庄稼好，个家的娃娃娇。"迟得的儿女自然更娇了。夫妇二人成年累月、早起晚睡地操劳，费尽心思，拉扯着三个宝贝似的儿女。

大女儿名叫云红姬，已经十四岁了，个头长得很高，几乎和成年人一般大。她也长得很俊，黑白分明的大眼睛像一汪泉水闪闪发亮，娇嫩的脸庞白里透红，身段匀称苗条。好花人人爱，来云红姬家说亲的媒人多得都要踏破门槛了，可云红姬的父母总以"阿娜岁数还小"把提亲的媒人一一谢绝掉了。

有一天，云红姬提着榜栳到地里给阿大阿妈送饭，刚走到巷道口，就被巴日克希的尕娃碰上了。尕娃一见云红姬长得俊，就迫不及待地回家向父母提出要娶云红姬作媳妇。可父母一听是穷人家的阿娜，不但不答应，反而劝说尕娃娶媳妇要娶门当户对的。听到父母这么一说，尕娃马上大吵大闹起来，巴日克希夫妇没办法，只好答应第二天就打发媒人去说亲。

第二天，他们找来了一个能说会道的媒人，提上说茶，笑咪咪地来到云红姬家，直截了当地说：“哎，老牙日①，常言道：‘熟了的果子不摘，它就会自己掉下来。’你家的云红姬长大了，我看已到了出嫁的年龄了，做父母的该卸这个担子了。”

老两口对媒人说：“我们知道你的一片好心，修个米那耐，不过我的阿娜身架虽高，但年纪还小哩，再说阿娜还是个不懂事的憨娃娃，怎么到人家门上活人哩，等上个一半年再说吧。”

媒人听到这话，又郑重地说：“尕麻古②，今天你们俩怎么装糊涂了，平时是教门的柱子，今天连教规都忘了。你女儿早到了出嫁的年龄了。”接着又讲了一大串教规，最后捋捋胡子说：“你们当我是给谁说媒的吗？是我们庄子头号巴日克希的尕娃！”

老两口一听说是给巴日克希家当媒，着实吓了一跳，忙说：“好心的草吉保③，阿娜的年龄还小，加上我们家境贫寒，教养差，阿娜见识短，

① 老牙日：撒拉语，意为好朋友。
② 尕麻古：撒拉语，傻子的意思。
③ 草吉保：撒拉语，指媒人。

日孜格[①]浅薄，不配做巴日克希家的儿媳妇呀。”

媒人一听，把提亲的茶包放在炕桌上，边下炕边说：“好了好了，做父母的也该为孩子们的一生想想，活在阳世上总要吃好穿好些。你们和巴日克希攀亲是很光彩的事，这样的好事别人连梦都不敢做哩，我可是一心想拉你们一把，不然，你就是宰鸡煮肉请我，我也不会踏上你们家的门槛。”说着放好东西就走了。

云红姬听见房内的谈话后，跑进灶房，爬在炕上蒙头大哭，哭声中喊道：“讨厌的草吉保呀，难道你实话是枯树上的乌鸦，为啥搅得我心神不安；狠心的草吉保呀，难道你真是敦亚上的‘依必力思’[②]，为啥偏要降到我头上；没良心的草吉保呀，你这干瘪的生皮，枯皱的�鞋。媒说成是你的功，我却落到了不见阳光的深沟里。”

父母一听云红姬的哭声，不由地沉下了脸。阿大先开口说：“我还没有无常，你哭啥哩，长这么大了还哭哭啼啼，巴日克希那么有钱，你不愿意，你要嫁个什么样的人呢？你已是十四五岁的人了，怎么还这样不懂事？”

云红姬听了阿大的话，赶紧跳下炕，悲伤地哭说道：“阿大，阿大呀！蹄子脆嫩的小羊羔，

---

① 日孜格：经堂语，指福分。

② 依必力思：阿拉伯语，意为魔鬼。

怎能在石山上奔跑？羽毛未丰满的小鹰，怎能在蓝天上飞翔？金钱堆成山，全是身上的垢痂；儿孙满堂，才是家中的活宝。我幼嫩的骨髓还没有稠，我的头发还没有长齐，莫非我在家里干活少，还是嫌我吃穿多！？”

阿大捋捋胡子，不以为然地说：“阿娜呀阿娜，庄稼好坏看苗苗，儿女的出息从小看，你早出嫁到婆家门，我们活着心宽，你的光阴幸福，我们就是无常了也能闭上眼睛！”

云红姬听了阿大这段揪心的话，又伤心地趴进阿妈的怀抱：“阿妈呀，阿妈你听，黑青稞的馍馍，怎能端上宴席？没有提炼的生铁，怎能打成好刀？我没学会扎花刺绣，我还做不出好锅灶，我怕口拙手笨难做人。”

阿妈流着泪，抚摸着女儿的头说：“阿娜呀，阿娜你听，牛犊从小学犁地，阿娜从小送婆家，小雀总不能不离窝，阿娜总不能老死在娘家。”

定亲送礼，意味着卖出去的马已戴上了笼头。云红姬深知生米已经煮成熟饭，自己再怎样折腾都无济于事了。她只好转过身子走进房门，默默地干起自己的活来。

日子到了，阿娜云红姬穿上结婚礼服，骑上大红马，哭哭啼啼地被送进了巴日克希的家。

巴日克希的妻子，心比蝎子还毒，她从来没

把云红姬当人对待，给她定了很多规矩：不准回娘家，不准随便出大门，不准在外人面前说话，不准流泪哭泣，不许她手脚闲一会儿。要是违反了哪一条，轻则臭骂，重则痛打，百般虐待。云红姬每天吃着麻雀饭，驮着骆驼的驮子，白天黑夜，活干得没完没了，累得头晕眼花，腰酸背痛。就是这样，婆婆仍不甘心，在一个十五的夜晚她指着月亮对云红姬说："你去擀饭，饭要擀得像月亮，切得像头发，炒上没有见过阳光和没透过风的臊子，尽快做好端上来，若做不出来，小心我打断你的贱骨头。"

云红姬默默地回到厨房，她想，婆婆指着月亮，意思就是把饭擀得像月亮一样圆，这没有问题，可哪里去找没有见过阳光和没透过风的葱呢？她十分着急，一边擀饭一边思谋，猛地想起：如果窖里有菜，应该能算得上是没见过阳光、没透过风了吧。云红姬手脚麻利，不一会儿做好了饭。不知为什么，当她端上饭去时，公公用右手接过饭碗的同时用左手打了她一巴掌，婆婆用左手接过饭碗抬起右手也给了她一个耳光。云红姬伤心透了，默默地用袖子擦去辛酸的泪又干活去了。

日复一日，年复一年，云红姬的心碎了。她已无法忍受阳世间的这种折磨，等到天黑，全家人都睡了，她孤苦伶仃地坐在后院里，呆呆地望着满天的星星，默默地流着辛酸的泪水：“真主呀！这血泪斑斑的苦日子啥时候才能熬到头，啥时候才能见到我娘家人呀！”有一天晚上，等全家人睡熟时，她终于横下心偷偷地跑回了娘家。

几年的光景，面容如花的云红姬全然变了样，头上的盖头像鱼网，身上的衣裳补丁摞补丁，面目憔悴，骨瘦如柴，一家人见了简直不敢相认，阿妈更是心痛难忍，紧紧搂住女儿，泪汪汪地问道：“阿妈的心肝呀，儿子娃是黑金子，女儿家是木梳子，你为啥不回自己家？你为啥不看看生你养你的阿妈？”

阿大叹了一声长气说：“阿娜云红姬，父母的心在儿女上，儿女的心在石头上，难道你变心忘了家？难道你不疼穷阿大？”

这时候，云红姬心里的冤屈一时无法诉说完，悲伤地差一点晕过去，十股子眼泪满脸流，放声哭道：“阿大呀，阿大你听，天下狠毒不过是黄蜂，人间狠毒不过是巴日克希。小河里洗，大河里冲，洗不尽我身上的血迹；浑身有嘴，诉不完我心里的苦楚。善良的阿大呀，我死也不再踏进那个门，疼疼你孽障的阿娜吧，快快救我出火坑。”

阿大听了女儿的哭救声，心里很难过，可一

听是逃回来的，心里暗暗地吃了一惊！这件事要是被别人知道了会耻笑的，要是巴日克希知道那可更不得了，真是惹下了大祸，于是愁眉苦脸而又万般无奈地说：“阿娜听呀，云红姬听，卖出去的牲口，嫁出去的女，你活着是人家的人，无常是人家的鬼，我没有办法搭救你。”

云红姬转向阿妈，满怀着希望乞求道：“阿妈呀，阿妈你听，麻雀飞累了，还有栖息的树木；羊儿吃饱了，还有个避寒的草棚。巴日克希的大房，没有我们穷人家的草房自由；巴日克希的饭菜，没有我们的拌汤暖心。慈祥的阿妈呀，我宁死不踏那鬼门，疼疼你苦命的阿娜！疼疼你苦命的云红姬吧！”

阿妈捂着抓破的心口，无可奈何地说：“阿娜听呀，云红姬听，良心要端正，一碗水要端平，四个父母都一样，高了，肚量海一般的要放宽，低了，当成耳旁的风不要记仇。阿娜呀，阿娜你要知道，磨轮在槽水下转动，女人在男人脚下求生。阿大无能没救成，我还能有啥本领，快快求助你的阿哥吧！”

云红姬瞪大了含泪的双眼，转向阿哥哭求道：“阿哥呀阿哥，阿哥你听，树死了还留个根子哩，人亡了还有个主人哩，我宁死不踏婆家门。阳世三间吃香的是少年汉，疼疼你受难的妹妹，快快救我出狼洞！”

阿哥马上回答说：“妹妹你听，云红姬听，人们常说父母为上，你该牢记教门的规程，你千万别忘记对父母的孝敬，要知道撒拉人，出门小的来下苦，家里的权由父母来执掌，阿大阿妈没救成，哥哥有啥办法哩！”

云红姬听了阿大、阿妈和哥哥的回话，心里好像针扎一样难过，她一把搂住小妹妹说道：“妹妹听呀，好妹妹听，我祝愿你嫁个好婆家，你像羊羔的蹄子日日坚硬，像鹿羔的角叉天天向上长。疼疼你苦命的姐姐，快快想法救救我！”

天真无邪的小妹妹，看到这凄惨的情景，心都碎了，哭得满脸泪水，她恐慌地瞅瞅大人们说：“阿姐听呀，阿姐你听，大人们都没法援救你，我小小年纪能有什么作为！”

云红姬听了小妹妹的回答，觉得是个道理。她又求妹妹说：“你若是真心心疼你的阿姐，快把包头送给我。”小妹妹见姐姐披头散发可怜的样子，就赶紧把包头给了她。

这时的阿娜云红姬哭肿了双眼，流干了眼泪，觉得也不怎么伤心了，她镇定地端来水给妹妹洗了脸，梳了头，打扮了一番，然后慢慢地走进厨房。就在这个晚上，上天无路，入地无门，娘家不能待，婆家不敢进，走投无路的困境下，阿娜云红姬趁人不防，悄悄走到大门口，用妹妹给的包头悬挂在门前的核桃树上上吊自尽了，她默默地离开了亲人，离开了这个不公平的世界。

夏郎古伊[1]

从前，有个巴日克希，他有三个阿娜。姊妹三个一个长得比一个俊，是撒拉八工里有名的三个阿丽玛。可是，她们的性格各不相同：大姐忠厚，老实；二姐奸滑，懒惰；三姐聪明，勤快。巴日克希的房背后，住着一个年轻的尕娃，名叫夏郎古伊。他长得英俊，为人忠厚，早就爱上了三姐。虽说他们是邻居，但因为夏郎古伊从小没有了父母，所以一直没人给他提亲，只好把心事深深地埋藏在心中。

有一天，巴日克希拿着银把子的金斧头到房背后去砍树，一不小心，银把子金斧头掉到夏郎古伊的后花园里。这下可把巴日克希急坏了，于是赶紧打发三个阿娜到夏郎古伊家去要斧头。三个阿娜从来没出过大门，也没有跟外人说过话。这会儿，阿大叫她们去要斧头，虽说是羞口难言，也只好硬着头皮去了。到了夏郎古伊的大门上，她们喊道："夏郎古伊！夏郎古伊！我阿大的银把子金斧头掉到你的花园里了，取给个！"

① 夏郎古伊：撒拉语，指慢腾腾的人。

夏郎古伊答道：“呀！我正穿衣裳哩！”

姊妹三个等了好一会儿，不见人出来，又喊道：“夏郎古伊，夏郎古伊！我阿大的银把子金斧头掉到你的花园里了，取给个！”

“呀！我才穿裤子哩！”

姊妹三个又等了一会儿，还是不见人出来，又喊道：“夏郎古伊，我阿大的银把子金斧头掉到你的花园里了，取给个！”

“呀！我才穿鞋哩！”

就这样，姊妹三个等了好长时间，夏朗古伊才慢腾腾地出来开门，一见面便说：“啊！三个阿丽玛，有什么急事？快说给我听听。”

从来没跟外人说过话的三个阿娜，听夏郎古伊这么一说，羞得连头也不敢抬，只得低着头，把来意说了一遍。夏郎古伊说：“噢！这当然好办，可是有个条件，我有一双绣花鞋，你们三个谁穿着合适，谁就给我当媳妇，什么时候答应，什么时候来取斧头。”说罢，就把一双绣花鞋往三姐的怀里一塞转身进屋去了。

姊妹三个顿时脸红心跳，扭头就往家里跑，到家后把情况告诉了阿大。其实，阿大也早就看中了夏郎古伊。这会儿，阿娜们这么一讲，便拿过鞋来说：“这也好，反正阿娜们在娘家门上长久不了，总是要嫁人的嘛，就试试看吧。”

他一边说，一边把鞋递给大姐试，大姐脚肥鞋瘦，穿不下；二姐一试，脚长鞋短，也穿不下；三姐一穿，不大不小刚好。就这样，阿大把三姐配给了夏郎古伊。

夏郎古伊给三姐送来了聘礼，有金耳坠、金篦子、银梳子、金戒指、银手镯，还有五颜六色的绫罗绸缎等。全家人都为三姐的婚姻而高兴，唯独二姐不满意，她对三姐说："好妹妹，你连头发都没长好，怎么嫁人哩？还是让我嫁给夏郎古伊吧？"三姐回答说："头发短，没关系，我一梳子梳者一尺长，两梳子梳者二尺长，三梳子梳者三尺长，四梳子梳者四尺长，五梳子梳到夏郎古伊的大门上。"二姐听完没话可说了。

就在这年的古尔邦节上，阿訇念了尼卡亥，三姐和夏郎古伊成了小两口。

有一天，三姐住娘家来了。二姐看到妹妹身上穿的是绫罗绸缎，戴的是金子银子，眼馋得不得了。于是就起了坏心眼，以洗头为名，把三姐骗到河边，说："三妹，三妹，你的金篦子银梳子，借给我梳个头吧？"诚实的三姐二话没说就借给她了。二姐拿上一梳，故意丢在水里，三姐急得直哭，二姐说："不用着急，我有办法，我们找来一条绳子，一头拴在你的腰上，一头我抓在手里，你下河里去捞。"可三姐刚下到水里，二姐就扔下绳子不管了，可怜的三姐就这样淹死在水里了。

二姐把三姐害死后，穿上三姐的衣裳，打扮得和三姐一模一样，回到夏郎古伊家里。因为二姐和三姐本来长得很像，现在，二姐穿上三姐的衣裳，连夏郎古伊都没有认出来。

有一天，夏郎古伊到河边饮马，刚到河边，见有一只麻雀飞来飞去，马一看见很诧异，怎么都不喝水。夏郎古伊拉上马回到家里对媳妇说："唉，这马平时好好的，今天为什么不喝水？大概是我没戴帽子的缘故吧！你去把我的帽子拿来。"二姐说："你的帽子放在哪里？我不知道。"夏郎古伊一听答到不知道，便说："就在经常放的地方呗，今天你怎么不知道了？"二姐只好在房子里乱翻一阵，才把帽子找来。夏郎古伊戴帽时，怀疑地看了一眼媳妇才去饮马。到了河边，马还是不喝水，夏郎古伊只好换个地方去饮，这时，那麻雀又跟着飞来，盘旋在头顶上，不让马喝水，夏郎古伊抬头一看才发现，原来还是这只麻雀一直在打扰。于是他不由地想起刚才媳妇找不见自己帽子的情景，疑心地对麻雀说："个家的麻雀右袖筒里来，人家的麻雀左袖筒里去。"说也奇怪，夏郎古伊刚说完，那只麻雀就噗噜噜地飞到他的右袖筒里了。夏郎古伊把它带到家里，给它做了一个漂亮的鸟笼子，挂在房檐下，每天给它喂食喂水，精心照料。这麻雀也非常喜欢夏郎古伊，每当夏郎古伊走到它身边时，就高兴地鸣叫。二姐一到它身边时，就往她头上拉屎，二姐气得没办法，趁夏郎古伊不在家时，把麻雀剁成两半，埋在了大门道里。

过了几天，大门道里长出了一簇白刺花，二姐每次进出时，总是被挂破裤角。二姐就拿来一把镢头，将其连根挖掉，放在灶火里烧了。

有一天，一个阿奶到夏郎古伊家讨火来了，二姐说：“灶火眼里有火又有灰，你自个儿随便掏吧！”阿奶连灰带火挖了一木锨就走了，回到家里一看，灰里还有一个线杆陀螺，就把它放在面柜里了。

第二天，阿奶到地里干活，晚上回来，不知谁已经给她做好了饭，还摆在桌子上。阿奶感到很奇怪！连续几天，每次干活回来，都有香喷喷的饭菜摆在桌子上。阿奶疑心地喊道：“我没有儿子，又没有姑娘，做了饭的仙人，快出来！是尕娃当个儿子，是阿娜当个姑娘，快出来吧。”话音刚落，就从面柜里出来一个很俊的阿娜。原来她正是被二姐害死的三姐，那线杆陀螺就是她变的。三姐说：“我给您当姑娘可以，但我有一个请求，您把夏郎古伊请到家里来吃一顿饭吧。”阿奶说：“当然可以，我这就去请他。”

夏郎古伊如约而至，在端饭的时候，三姐悄悄地把原先夏郎古伊送给她的金戒指放进了他的碗里。夏郎古伊吃着吃着，发现自己的碗里有个金戒指，仔细一看才认出，这是订婚时他给三姐送的，怎么到碗里了？夏郎古伊忍不住，赶忙跳下炕往灶火里跑去，这才发现原来是他心爱的妻子。这时，三姐对夏郎古伊详细述说了二姐害死她的经过以及她怎样变成麻雀，又如何回到人间的情况。夏郎古伊一切都明白了，于是赶快回到家里，对二姐说：“害了人的二姐你出来！”二姐吓得脸色发白，还争辩说：“你怎么这么糊涂，我明明是三姐，你怎么叫我二姐哩？”夏郎古伊问：“你真是三姐，那么我送给你的金戒指呢？”二姐正想说什么，这时三姐进来了。二姐一见三姐还活着，就跑出去跳到河里了。

从此，夏郎古伊和三姐又生活在了一起，永不分离。

流传地区：循化县积石镇草滩坝村

讲述人：紫不德，女，73 岁，撒拉族

记　录：马英俊

搜集时间：1987 年 6 月

富与穷

很久以前，一个村庄里住着一个大富人，他有一个独生女，阿娜长得俊美又有心计，方圆不少门当户对的人家前来提亲，都因阿娜不中意而被一一拒绝。富人弄不明白女儿的心思，问她：“这个看不上，那个相不中，你到底想嫁个什么样的人？你的眼睛不要瞅得太高了，还是往下看一点，要求太高是嫁不出去的。”阿娜说：“我的条件不高，很平常，如果谁能同时说明自己既是一个贫穷的人又是一个富裕的人，我就嫁给他。”

富人按照女儿的意愿，把这件事给人说了，并指定了择亲的日子。这一天，富人的门前来了好多人，熙熙攘攘一大片，这些人中有的是看热闹的，有的是明知自己高攀不上但想前来碰运气的，有的却是信心十足的求婚者。阿娜在楼上仔细观察着人们的举动，专心听着人们的议论。这时，富人见聚集的人实在不少了，认为择婿的时机已到，就对着众人大声说：“年轻人们，如果谁能同时说明自己既是个穷人又是个富人的道理，我就把女儿嫁给谁。”

这时，从人群中走出一个穿绫罗绸缎的年轻

人，从他的穿戴打扮上一眼就能看出是个有钱的尕娃。他傲气十足地说："我家是方圆百里的首富，骡马成群，牛羊满圈，金银财宝多得数不清。今天来这里的巴加[1]们，你们有谁比得上我家富呢？要是阿娜答应嫁我，我把家里所有的财富拿出来全部花在婚事上，我自然成了穷光蛋，这样我不既是富人又是穷人吗？怎么样，你们该服了吧。"姑娘听了这一席话，明白这个年轻人为人不实在，他是在众人面前故意夸耀财富。于是她用嘲笑的口吻问："你花光了钱，成了穷光蛋以后，还怎么生活呢？"年轻人顿时张口结舌，回答不上。"你说的都是不可能的事，你回去吧！"姑娘一口回绝了这个夸夸其谈的人。

以后的众多求婚者都未能作出令姑娘满意的答复。有人只讲出了富裕的一面，有人只讲出了贫穷的一面，最终都不能把贫富转化的道理说清楚，因此被姑娘一一拒绝了。

最后出来讲话的是一个衣着朴素、肩上搭褡裢的年轻人。他把褡裢卸下来，从从容容，不卑不亢地说："我是一个贫穷的人，一没有金银，二没有产业，三没有牛羊骡马，不过我也是一个富有的人。"富人奇怪地问："你连像样的家产都没

① 巴加：方言，朋友的意思。

有，怎么说得上富呢？”“老人家你要急，让我慢慢说来。”他一边说一边麻利地从褡裢里掏出好几种工具。“我不光是个会铁匠活和木匠活的手艺人，我还是个种庄稼的好把式。靠前两样手艺，我可常年得到报酬，收入虽不如你们有钱人那样多，但细水长流，足够丰衣足食。种庄稼，在平常的年景里，由于我精心务农，收成也比别人的多，碰上风调雨顺的年景，就可获得大丰收，一年打的粮食够吃几年的，这样我就是一个富有的人。长话短说吧，农忙时我照顾庄稼，农闲时我靠手艺挣钱，靠着两只手，无论走到哪里都饿不着冻不着。”

姑娘听了年轻人的一番话，等不得阿大开口，就迫不及待地赞道：“说得太好了，真正的财富不是金银和财宝，而是勤劳的双手，只有勤劳才能创造财富，我心甘情愿地嫁给他。”

流传地区：循化县白庄乡立庄村

讲述人：索非牙，女，30岁，农民

记　录：马秀兰

搜集时间：1990年9月

笑　话

呆力透

古时候，有个老汉，他有两个儿子，小的叫呆力透。

有一年阿大无常了，阿哥让呆力透去扯卡凡（裹尸布），呆力透扯好卡凡回来时，见路边的树枝被风刮得摇来摇去，他就把卡凡撕成条条，给每个树上搭了一条。到了家里，阿哥问他：“扯来的卡凡呢？”呆力透说：“我在回家的路上，看到树木也为我们的阿大哭得很伤心，就把卡凡先分给了它们。”阿哥气得没办法，只好自己重新买来了卡凡，埋了亡人。

第三天，阿哥用五斗麦子煮麦仁，呆力透看见锅里的麦仁滚得“波笃，波笃”地响个不停，认为锅里有什么东西在打架！就对锅里的麦仁说：“你们不要再打了！”可锅里的麦仁还是滚得“波笃，波笃”地响。呆力透拿起一块大石头，朝锅里砸下去，嘴里还说：“我用言语劝你不听，只好用这个办法来劝你了。”这一砸可把锅砸了个很大的洞，一锅麦仁全淌完了。阿哥一看这个情形，气得哭笑不得！

不久，呆力透娶了个媳妇。有一天，他的

媳妇从娘家要了些胡麻，带回家里磨了后，在馍馍里卷了些，呆力透吃了一个馍馍，觉得胡麻很香，还想吃，但媳妇没再给他吃，而是把剩下的馍馍放在栲栳里，挂在屋梁上，背水去了。呆力透不死心，搬来板凳站在上面取馍馍，一不小心，板凳倒了，头发被盖古尔（挂钩）给挂住了。呆力透急得大喊："板凳，板凳你快起来，盖古尔，盖古尔放了我吧，媳妇回来会打死我的！"这时刚好媳妇回来了，看见这情景吓坏了，以为是男人上吊死了，赶紧放下来一看，才明白是怎么回事，媳妇气得打了他几巴掌，又给了他一个馍馍。

又有一天，呆力透的小舅子娶媳妇，媳妇要先走一天，临走时给呆力透嘱咐了几件事："你来时，把衣服穿得好好的，帽子戴得高高的，再把你的驴脸和驴脚洗一下，然后穿上袜子和鞋，到了水渠边脱掉袜子和鞋，免的弄湿了，搭礼的钱布驮在尕驴上，驮得重重（撒拉语，牢牢之意）的。"说完就走了。

第二天，呆力透起来戴这个帽子不高，戴那个帽子也不高，就把袜子戴在头上。然后给尕驴驮这也不重，驮那也不重，就把磨盘驮在尕驴的背上。干完这些，呆力透又想起了洗脸洗脚的事，便对尕驴说："你把脸洗洗吧！这是我媳妇交待的。"

见驴不理他，呆力透拿来开水，把尕驴的脸烫了个面目全非。

媳妇交待的事做完他就上路了。走着走着来到一个小河边，呆力透对尕驴说：“你把袜子和鞋脱掉，这也是我媳妇交待的。”看到尕驴还是不动，呆力透就拿来石头一边砸尕驴的蹄子，一边还说：“你不脱，我帮你脱。”这下把尕驴痛得卧下起不来了。呆力透认为尕驴乏了，可能想睡觉了，便丢下尕驴自己先走了。到了丈人家，客人们见他头上套了个袜子，都笑个不停，这可把媳妇羞坏了，赶紧把他拉到厨房里问：“尕驴呢？”呆力透说：“我让尕驴把鞋脱掉，它死活不脱，我帮它脱时，它还睡着不起来了，可能还在河边睡觉呢。”媳妇一听他的话，气得打也不是，骂也不是，就一把把他推到了窖里说：“你在这里老老实实地蹲着吧！我看你实在呆透了，你出来还不知要出多少洋相哩！”

流传地区：循化县白庄乡一带
讲述人：马草牙，女，45岁，撒拉族
记　录：马秀兰
搜集时间：1982年10月

回　答

以前，有个穷人在巴日克希家干活，不论怎么努力，巴日克希的媳妇都不满意，千方百计要赶走他。

一天，巴日克希的媳妇把他叫到跟前说："明天，你去找来公牛的奶子、公鸡蛋，找不来你就滚。"

晚上他回到家里，又愁又急，尕娃看到阿大今天脸色不对，晚饭没吃就睡下了，便问："阿大，你今晚为啥不吃饭？"阿大说："尕娃，你还小，什么也不知道！"于是把巴日克希的媳妇如何为难他的事说了。尕娃听了说："阿大，你不要难心，明天你不要去，我去给他干活。"

第二天，尕娃到巴日克希家，对巴日克希的媳妇说："我的阿大今天生尕娃哩，我给你们干活来了。"这个媳妇一听，生气地说："男人怎么生尕娃哩？"尕娃说："公鸡怎么能下蛋哩？公牛哪有奶子哩？"这一问把巴日克希的媳妇给问住了，以后再也不为难尕娃的阿大了。

流传地区：循化县积石镇草滩坝村
讲述人：哈里买，女，65 岁，撒拉族
记　录：刘凤兰

亥姐缝被子

亥姐是个没家教的懒婆娘，她既不会干地里的活，更不会做针线活。

一天，亥姐的男人扯来了个被面子，让亥姐做床被子。可亥姐不知道被子是怎么做的，因为自己从来没做过。到底该怎么做呢？她想来想去，想出个主意：把案板装进去不是又平又展的好被子吗？于是，她费了好大的劲，把案板装在里面，一针一线地缝上了。

到了晚上，男人看见新被子缝得又平又展，就躺在炕上叫媳妇给他盖上试试。亥姐把“被子”往男人身上一盖，这下可好，一下子把男人给砸晕过去了。

流传地区：循化县积石镇一带

讲述人：韩送仙

记　录：高健鸿

尕力保买针

尕力保的阿妈无常后，只剩下他孤独一人，衣服破了没针、没线，没法补，只得自己上街去买。他只会说撒拉话，不会说汉话，更不知道针用汉话叫什么。到了街上，逢人就问，翻来覆去说了好几遍，别人才知道他是在问“针”用汉话叫啥哩，就教给他说那叫缝衣服用的“针”。尕力保把“针”字牢牢记在心里，快到一家店铺时，一条小渠挡住了他，他“嗨”的一声，跳过了水渠，把“针”字给忘掉了，只记清了跳渠时喊的一声“嗨！”

进了店铺，尕力保对掌柜的说：“掌柜的，给我买个‘嗨’。”店主以为他要买一双鞋，随手拿来一双给他看，尕力保一看只是摇头。掌柜的给弄糊涂了，半天听不懂他到底要买什么，干脆不理他了。

这下，尕力保给气坏了，他想：“明明我记得清清楚楚，这会儿怎么不对了。嗯，八成是掉进了水渠里。”于是他又来到渠边，跳到水里想把“针”字摸出来。他摸呀摸的，热头（太阳）快要落山了，还是摸不出“针”字。这时，过来一个人，问他在摸什么？他把前因后果详细地用撒拉话给那个人说了一遍，可就是说不上个“针”字。那个人听着，猜了半天，才知道他是为了买根针下到渠里捞“针”字，一时笑坏了。于是这人决定领上尕力保去买针，可铺子已经关门了。

流传地区：循化县清水乡一带
讲述人：阿不都，男，40岁，撒拉族
记　录：马　福

看家门

从前，有个媳妇，她有一个儿子，一次她去住娘家，临走时嘱咐儿子："我走了以后，你要看好家门，小心贼娃子偷走东西。"阿妈走后，这个尕娃一直守着家门不敢走开。过了好长时间，阿妈还是不来，他再也守不下去了，想出门转一转，可家门怎么办呢？他想干脆卸下来背上去阿舅家里。阿妈一见尕娃也跟来了，便问："你怎么没看家门也来了？"尕娃回答说："我把门背上来了还看什么？"

流传地区：循化县街子乡羊苦浪村
讲述人：哈三，男，50 岁，撒拉族，农民
记　录：周玉英，朱晓林，马安良，马全林，龚发存
搜集时间：1988 年 6 月

做 媒

从前，有一个聪明的老汉，他们的庄子里有一个瞎子尕娃和一个哑巴丫头，两个人都长大了，可还没成亲。这个老汉很同情他们，想办法想把他们配成一对。

有一天，他来到丫头家里，对她阿大说："我给你丫头做个媒吧！"丫头的阿大问："尕娃怎么样？"老汉说："尕娃没看头。"老汉又到尕娃家里，对尕娃的阿大说："我给你的尕娃说个媳妇吧！"尕娃的阿大问："丫头长得怎么样？"老汉说："丫头没说头。"到了结婚的那一天，双方才知道尕娃是个瞎子，丫头是个哑巴。尕娃丫头后悔了，两家里的大人们也后悔了。

丫头的阿大跑去问老汉："你不是说尕娃没看头吗？怎么是个瞎子？"老汉说："这不，我以前就说尕娃没看头嘛。"尕娃的阿大也去问老汉："你做媒时，说丫头没说头，怎么现在是个哑巴？"媒人说："当时我就说，丫头没说头嘛。"最后，双方才明白过来，老汉当媒人是为他们两家好。

流传地区：循化县街子乡查加一带

讲述人：韩玉录，男，撒拉族，教师
记　录：周玉英，朱晓玲，马安良，马全林，龚发存
搜集时间：1988年6月

寓　言

大斧头劈老虎

从前，有一个老阿奶，守着一个独生儿子过日子。她家里非常穷，为了糊口，老阿奶整日上山打柴。儿子长大以后，很孝顺母亲，看着年老的母亲为自己操劳了一辈子，决心要让母亲度过一个幸福的晚年。于是他每天都早早地去深山老林打柴，当太阳升起时，他再背柴下山到集市上卖，柴钱如数交给母亲。

有一天，他和往常一样又上山打柴，这时林棵里出来了一只老虎。老虎说："打柴人，今天我要吃掉你。"打柴人说："虎大哥，你不能吃我，我家中还有一位老母亲靠我养活呢。"老虎说："这不行，不管你有什么难心，我非吃你不可。"打柴人急中生智，说："虎大哥，这样也可以，不过我的'阿格热'放在了家中，你吃我也没啥吃头，等我把阿格热取来之后你再吃才有个吃头哩。"听打柴人这么一说，老虎以为这个阿格热一定是个比人还要大的东西，于是忙问打柴人："什么是阿格热？它到底是什么样儿？"打柴人回答："唉！你不知道，阿格热比天高比地大。"老虎一听非常高兴，想着等打柴人把阿格热取回来之后，将他和阿格热一起吃掉也好。

老虎答应了打柴人的要求。打柴人对老虎说：“我到家里去拿阿格热，怕你等不及走了，那我不是白跑一趟吗？”老虎觉得这话说得有道理，就说：“这好办，你怕我跑了，你用绳子把我绑在树上不就行了吗？”于是打柴人就用捆柴的绳子把老虎绑了起来说：“你耐心等着吧！”然后马上举起砍柴的大斧头问老虎：“今天你吃我，还是我吃你？”老虎知道自己上了大当，赶快求饶：“砍柴的大哥，不要杀死我，我刚才是跟你闹着玩的，根本就没有打算吃你。”打柴人明白，再不能上老虎的当，他说：“谁相信你的鬼话，如果我不是利用你的贪心，恐怕早已成了你的口中肉了。”打柴人干干脆脆举起大斧头朝着老虎的头砍了下去，老虎一声惨叫断气了。打柴人把老虎从树上解下来，拖到集市上卖了很多钱，他用这笔钱买了几亩地，辛勤耕种，慢慢地富裕起来。几年后打柴人又娶了一个媳妇，跟老阿妈一起幸福地生活着。

流传地区：循化县清水乡
讲述人：马阿卜都，男，76岁，撒拉族，农民
记　录：张文豪，张海燕，王明海，王生元，
　　　　李丽，马红霞
搜集时间：1988年5月

愚人看镜

从前，有个人，他家中有一个母亲和一个妻子。有一天，他到城里去买东西，走进了一个铺子，见墙上挂着一面镜子，并且从镜子里看见了铺子里所有的东西，这时他感到很惊奇，一心想买这面镜子，以便自己也能开这么个铺子，出售镜内的许多货物。于是他向店主提出想买这面镜子的打算，店主也就答应了。

他高兴地拿着镜子回家对妻子说："今天我真走运，很便宜地买了一面镜子，镜子里什么东西都有，从明天起我们就可以开铺子了。"妻子一听很是惊奇地问他："你买的镜子在哪里，拿来我看一看。"她拿过镜子一看不见有什么东西，只见一个年轻的女人在里边。这时她很生气，对丈夫说："你骗我说镜子里什么东西都有，但镜子里什么都没有，只有一个年轻女人，原来你花钱又买了个女人，想把我退掉！"就这样两人吵起来了。母亲听到后便来问原因，这时儿媳妇告诉婆婆说："你儿子又买了个女人回来，就在镜子里，他不想要我了。"婆婆一听很奇怪，真有这事？她要看一看儿子究竟买了个怎样的女人。她一看，镜子里边并不是个什么年轻的女人，而是一个满脸堆着皱纹、还很像自己的老太婆，于是很生气，就大骂起儿子：“我还以为你真的买了个年轻女子哩，原来你买了个像我一样年迈的老太婆。”于是三个人就大吵起来。

三个人越吵越凶，邻居们听到后忙来解劝，母亲就把事情告诉了众人，请众人来评评理。于是众人都争着向镜子里看，看见镜子里有许多人不住地拥挤着在说什么，于是都生气地说：“你们已经请了这么多人在评理，那还叫我们评什么？”说罢都气呼呼地走了。

后　记

《撒拉族民间故事精选》是青海人民出版社介绍青海世居少数民族民间文学的系列丛书之一，也是青海省少数民族古籍办公室搜集整理有关撒拉族民间文学的成果之一，现在她和广大读者见面了，我们由衷地感到欣慰。

作为本书的选编者，首先感谢青海人民出版社策划出版了这套旨在向广大读者扼要精炼地介绍青海世居的少数民族在生产、生活中创造的丰富民间故事的系列丛书。正是基于这种机缘，我们才有可能将以往搜集的撒拉族民间故事推介给广大读者。同时我们要感谢收录到本书中每篇故事的讲述人和记录整理人，没有他们最初的创作，我们也很难在短期内完成这样一项意义重大的工作。

选编的基础是广泛搜集，做到应收尽收。这项工作我们有很好的基础条件，就是参与编纂了由国家民委全国少数民族古籍整理研究室牵头组织的《中国少数民族古籍总目提要 · 撒拉族卷》。《撒拉族民间故事精选》的内容正是该《撒拉族卷》讲唱部分中的民间故事，其中大部分原始资料都是现成的，计有325篇，约39万字，可以说这就是本书的初稿。这部分资料是新中国成立后一批热心于民族民间文学的文艺工作者深入基层采录的各民族民间文学资料，特别是20世纪80年代，按照中华人民共和国文化部、中华人民共和国国家民族事务委员会、中国民间文艺家协会关于编辑出版《中国民间故事集成》《中国歌谣集成》《中国谚语集成》的通知精神，全国各地陆续完成的中国民间文学三套集成的搜集整理成果。这些成果中具体涉及撒拉族民间故事的主要有：中国民间文艺研究会青海分会编印的《青海民族民间文学资料·撒拉族专集》（1979年10月）；循化撒拉族自治县文化馆编的《中国民间文学集成·青海省循化县卷·撒拉族民间故事（第一辑）》（1988年1月）、循化撒拉族自治县民间文学三套集成办公室编《中国民间文学集成·青海省循化撒拉族自治县民间故事（第二辑）》（1991年5月）等内部铅印的资料本。

有了这样一个基础，按出版社精选的要求，我们开始筛选，首先按民间文学分类方法，大致分为传说、神话、幻想故事、动物故事、生活故事、笑话、童话、寓言等八类，然后删除内容重复或雷同的资料，保留民族特色明显的资料，最终选定41篇，约11万字。需要说明的是，我们收录的资料是搜集整理者根据“忠实记录，慎重整理”的原则形成的，资料的质量也因记录人的文字水平参差不齐，资料表达的观点也是讲唱人和记录人的观点，我们仅对这些原始资料做了收集和编排，更深入的研究工作有待专家学者去做。本书中的注文基本上都是原来资料的搜集整理者所加。本次编纂中除对前后重复的和有明显差错的原注进行了适当修改外，其余均保持原貌。

撒拉族民间文化是博大精深的，而我们的能力是有限的，目前能够做到的这些难免有这样那样的不足甚至错误，我们希望今后能看到这方面更多更好的成果问世。

马小琴　马　忠

2014 年 9 月于西宁